Bianca

Kate Walker

A cambio de su felicidad

HARLEQUIN™

Editado por HARLEQUIN IBÉRICA, S.A.
Núñez de Balboa, 56
28001 Madrid

© 2013 Kate Walker
© 2015 Harlequin Ibérica, S.A.
A cambio de su felicidad, n.º 2373 - 11.3.15
Título original: A Throne for the Taking
Publicada originalmente por Mills & Boon®, Ltd., Londres.

I.S.B.N.: 978-84-687-5535-9 7/15 60518437
Depósito legal: M-34149-2014
Editor responsable: Luis Pugni
Impresión en CPI (Barcelona)
Fecha impresión para Argentina: 7.9.15
Distribuidor exclusivo para España: LOGISTA
Distribuidor para México: CODIPLYRSA
Distribuidores para Argentina: Interior, DGP, S.A. Alvarado 2118.
Cap. Fed./Buenos Aires y Gran Buenos Aires, VACCARO HNOS.

Capítulo 1

YA LLEGABA. Ria lo supo por el sonido de pasos en el corredor; pasos fuertes y enérgicos, pasos de caros zapatos de piel en el mármol del suelo.

Un hombre alto avanzaba con rapidez e impaciencia hacia la habitación donde le habían dicho a Ria que esperase. La habitación no se parecía mucho a lo que se había imaginado, pero nada de lo sucedido últimamente se parecía mucho a lo que se había imaginado, empezando por aquel hombre. Llevaban diez años sin verse. Y ahora se iban a ver en menos de treinta segundos.

Estaba tan nerviosa que no sabía qué hacer. Cambió de posición en el sillón; cruzó las piernas, se lo pensó mejor y las descruzó para tener los pies bien plantados en el suelo.

Aquel día, se había puesto un vestido azul y verde, con estampado de flores, y unos elegantes zapatos de vestir, de color negro. Alzó una mano y se apartó un inexistente mechón suelto de su cabello rubio oscuro. Sabía que su peinado estaba perfecto. Se lo había recogido en un tenso moño; precisamente, para que no se soltara ni un pelo. No quería dar una imagen de frivolidad o relajamiento.

Estaba tan obsesionada con ese asunto que, al principio, pensó que el vestido era demasiado informal para sus intenciones; pero se decidió por él porque era tan largo que unos pantalones no habrían cubierto sus piernas mucho mejor. Además, la chaqueta negra de lino añadía un toque de seriedad al conjunto.

La sala donde estaba era elegante y lujosa. En una de las paredes había una pequeña muestra de fotografías de edificios y paisajes, todas en blanco y negro, que le llamaron la atención. Eran magníficas, la clase de imágenes que habían dado fama y fortuna a Alexei Sarova. Pero a Ria le parecieron tristes; quizá, porque les faltaba el elemento humano, tan presente en su obra periodística. En ninguna de ellas había ninguna persona.

Justo entonces, los pasos se detuvieron. Ria distinguió un susurro de voces junto a la entrada y se empezó a poner nerviosa. A fin de cuentas, estaba allí por un motivo de la mayor importancia; le iba a dar un mensaje que podía evitar una guerra civil en su país.

—Tranquilízate —se dijo en voz alta—. Tienes que mantener el aplomo.

Cerró las manos sobre los brazos del sillón, para que le dejaran de temblar. Después, respiró hondo, soltó lentamente el aire y se quedó mirando el blanco techo, mientras se repetía que su nerviosismo era ridículo. Estaba acostumbrada a relacionarse con todo tipo de gente, desde jefes de Estado hasta ministros. Se lo habían enseñado desde niña, porque la familia Escalona tenía lazos con la familia real.

En otras circunstancias, aquella reunión le habría

parecido rutinaria. Podía hablar de cualquier cosa; incluidas las exportaciones de su país y su minería, que había cobrado especial importancia desde que se había encontrado eruminium, un material recientemente descubierto, en las montañas de Trilesia. Aunque, en general, no hablaba de minas. Eso era asunto de su padre y, hasta hacía poco, de su primo segundo Felix, príncipe heredero de Mecjoria.

Sin embargo, aquella no era una reunión como tantas otras. En primer lugar, porque la libertad de su país y su propia libertad personal dependía de su resultado y, en segundo, porque Alexei Sarova no era un desconocido con quien pudiera mantener una conversación tan educada como estrictamente política.

La puerta se abrió un momento después. Alexei ordenó algo a la persona con quien estaba hablando en el pasillo y entró en la sala.

Había llegado el momento de la verdad.

En cuanto lo vio, Ria se quedó sin aire. Por primera vez en mucho tiempo, se sintió vulnerable y perdida. Incluso echó de menos al guardaespaldas que la había acompañado durante toda su vida.

Por desgracia, ya no tenía guardaespaldas. Era una de las muchas cosas que le habían quitado a ella y a su familia tras el inesperado fallecimiento de Felix y el escándalo sobre las actividades pasadas de su padre. Las cosas habían cambiado mucho, y tan deprisa que ni siquiera había tenido ocasión de reflexionar sobre sus posibles consecuencias.

—Buenas tardes.

La voz de Alexei sonó tan firme como severa. Ria, que estaba de espaldas a la entrada, se dijo que tenía que darse la vuelta y mirarlo a los ojos, pero no se pudo mover.

—Señorita...

Ria hizo un esfuerzo y se giró. Sabía que Alexei se había convertido en un hombre impresionante. Había visto muchas fotografías suyas en los periódicos, pero en persona era sencillamente abrumador. Alto, de hombros anchos y ojos tan negros como su pelo, llevaba un traje gris y una chaqueta que le daban aspecto de hombre de negocios. No se parecía nada al chico rebelde que había conocido diez años atrás.

—Buenas tardes —acertó a decir, tensa—. Supongo que eres Alexei Sarova.

Él se quedó atónito al reconocer a Ria.

—¿Tú? —dijo con hostilidad.

Alexei hizo ademán de salir de la habitación, y Ria pensó que aquello iba a ser más difícil de lo que se había imaginado. No esperaba que la recibiera con los brazos abiertos, pero tampoco esperaba un rechazo tan absoluto.

—Por favor... —rogó—. Por favor, no te vayas.

—¿Que no me vaya?

Él la miró con frialdad durante unos segundos. Después, sacudió la cabeza lentamente y le dedicó una sonrisa tan helada que Ria se estremeció.

—Yo no me voy a ir —continuó Alexei—. Te vas a ir tú.

Ria maldijo su suerte. No esperaba que Alexei la reconociera tan deprisa. Diez años era mucho tiempo, y ella había dejado de ser una niña. En los diez años transcurridos, había dejado de ser una niña baja y más bien entrada en carnes y se había convertido en una mujer alta y esbelta a quien, además, se le había aclarado el pelo: ya no lo tenía castaño, sino rubio oscuro. Lamentablemente, la había reconocido. Y no la quería escuchar.

—No —declaró ella, sacudiendo la cabeza—. No me voy a ir.

Los ojos de Alexei brillaron con furia. Ria estuvo a punto de retroceder, pero se recordó que las duquesas no retrocedían; aunque hubieran perdido su posición social.

—¿No? —dijo él.

Ella guardó silencio.

—Te recuerdo que soy el propietario de este edificio, y que aquí puedo hacer lo que quiera. Si te ordeno que te vayas, te irás —continuó.

—¿No quieres saber por qué he venido?

Si Ria hubiera lanzado una piedra a una estatua, no habría conseguido menos. De hecho, su pregunta solo sirvió para que la mirada de Alexei se volviera más feroz; y su actitud, al menos en apariencia, más impasible.

—No, en absoluto —contestó él—. Solo quiero que te marches y no vuelvas.

En realidad, Alexei habría deseado otra cosa: que Ria no hubiera aparecido. Pero el mal ya estaba hecho. Y se sentía como un tigre enjaulado; no por las paredes de la habitación, sino por los recuerdos de una época muy difícil para él.

No esperaba volver a ver a nadie de Mecjoria, y mucho menos a ella. Se había esforzado mucho por prosperar y dar a su madre la vida que se merecía. Había tardado muchos años, pero lo había conseguido. Ahora tenía más dinero que cuando era príncipe, y no necesitaba que le recordaran su antigua conexión con la familia real de Mecjoria y con el propio país, del que ya no quería saber nada.

–¿Te vas a ir? ¿O tengo que llamar a seguridad? –la amenazó.

Ria frunció el ceño y le devolvió una mirada tan fría como la suya. Ya no era una mujer asustada, sino una aristócrata.

–¿Pretendes que me saquen tus matones? Discúlpame, pero no quedaría muy bien en los periódicos. ¿Qué dirá la gente cuando publiquen que un mujeriego de fama internacional se ha visto obligado a pedir ayuda para librarse de una pequeña mujer?

–¿Pequeña? No eres precisamente pequeña –replicó él, mirándola de arriba abajo–. Has crecido... mides unos quince centímetros más que la última vez que te vi.

Alexei pensó que había crecido en algo más que altura. Lo había notado cuando entró en la habitación, antes de reconocerla. Era una mujer verdaderamente impresionante, de piernas interminables, figura esbelta y piel como de porcelana. Ya no tenía la cara redondeada de aquella niña que tanto le divertía, sino un rostro de pómulos bien marcados y labios sensuales que enfatizaban la belleza de sus ojos verdes.

Al verla, la deseó con todas sus fuerzas. Pero el deseo estalló, convertido en frustración e incredulidad, cuando se dio cuenta de que estaba delante de Ria, que ya no era la amiga y confidente que había sido, sino la heredera del hombre y de la familia que los habían traicionado a su madre y a él y los habían expulsado del país.

–Bueno, estoy seguro de que la prensa se mostrará más interesada por el hecho de que expulsen a la gran duquesa Honoria Maria Escalona de la sede de Sarova International. Imagínate lo que dirán, las cosas que serán capaces de inventar.

–Ya no soy gran duquesa; bueno, ni grande ni pequeña, porque ya no soy duquesa en absoluto –dijo Ria.

–¿Cómo?

Él se quedó confundido durante unos segundos. Frunció el ceño y ladeó la cabeza como hacía en esas circunstancias cuando eran niños; o más bien, cuando ella era una niña, porque Alexei le sacaba seis años.

–Por favor, Lexei...

Ria no tenía intención de llamarlo de ese modo, no pretendía recuperar el nombre familiar y afectuoso de los viejos tiempos, pero se le escapó sin darse cuenta. Y, de inmediato, supo que había cometido un error. Lo notó en la tensión de su cuerpo, en el destello enfadado de sus ojos y en la súbita dureza de sus labios.

–No, no me interesa lo que tengas que decir. ¿Por qué me tendría que interesar? Tú y los tuyos nos traicionasteis a mi madre y a mí y nos condenasteis al exilio y el oprobio –declaró Alexei–. Mi pobre madre murió en esa situación. Y dudo que tú estés aquí por un asunto de vida o muerte.

–Bueno, yo...

Las palabras se le ahogaron en la garganta. Era evidente que las cosas no estaban saliendo como había previsto, pero lo tenía que intentar de todas formas.

Abrió su bolso, sacó una hoja de papel y se la enseñó.

—Esto es para ti —dijo.

Él se quedó mirando el documento, que llevaba un sello oficial.

—Sé que tu madre necesitaba pruebas que demostraran la legalidad de su matrimonio —continuó Ria.

Alexei se había quedado inmóvil como una estatua, y Ria pensó que no era de extrañar. Si hubiera sido posible, habría preferido que el documento le llegara por manos que no fueran las suyas; pero se había presentado voluntaria, a pesar de las sospechas de los ministros, porque el Gobierno de Mecjoria no sabía toda la verdad. Una verdad tan terrible que Ria no se había atrevido a compartirla con nadie.

—Tu madre no podía demostrar nada si no conseguía pruebas documentales —prosiguió—. Pruebas de que el antiguo rey había dado permiso a tu padre para que se casara con ella.

Alexei se preguntó por qué le recordaba un suceso que conocía de sobra. Toda su vida estaba marcada por el escándalo del matrimonio de sus progenitores, que se había declarado ilegal. Tras su separación, su madre se lo llevó a Inglaterra y su padre se quedó en Mecjoria. Más tarde, su padre cayó gravemente enfermo y su madre decidió volver al país, para estar con él. Por entonces, Alexei ya tenía diecisiete años.

Sin embargo, su estancia en Mecjoria no duró mucho. La vieja aristocracia los miraba con desprecio; en parte, porque la actitud rebelde de Alexei los escandalizaba y, en parte, porque no los consideraban de los suyos. Cuando su padre falleció, se quedaron tan solos que nadie salió en su defensa al hacerse pública la conspiración que Ria acababa de descubrir. Una conspiración que les costó el exilio.

–Pues bien, aquí están las pruebas.

Él alcanzó el papel, le echó un vistazo por encima y lo dejó en la mesa, sin prestarle más atención.

–¿Y qué? –dijo.

Ella lo miró con perplejidad.

–¿Es que no sabes lo que significa?

Alexei no dijo nada. Ria comprendió que era perfectamente consciente de la importancia del documento, aunque su reacción no fuera la que ella se había imaginado.

–Es lo que necesitabas –le explicó–. Esto lo cambia todo. Significa que el matrimonio de tus padres era legítimo, que tú eres un hijo legítimo.

–¿Y crees que eso te da derecho a venir? ¿A hablar conmigo después de diez largos años? –preguntó él.

Las palabras de Alexei sonaron tan amargas que ella se estremeció; especialmente, porque se merecía su desprecio. Al fin y al cabo, se había escudado tras la supuesta ilegitimidad del matrimonio de sus padres para negarle su ayuda. Ria no sabía entonces la verdad, pero le había dado la espalda en cualquier caso. Y se la había dado por una razón que no era precisamente digna. Por celos.

Aún recordaba sus palabras:

«Es una mujer, Ria. Una mujer».

Se sintió tan despechada que no se atuvo a razones. Se negó a aceptar que ella seguía siendo una niña y que, en consecuencia, no podía dar a Alexei lo que él necesitaba. En su enfado, se convirtió en el instrumento perfecto de su propio padre, que la manipuló con mentiras para sus propios fines.

—No —contestó ella—. No creo que eso me dé derecho a venir.

—Entonces, ¿por qué has venido?

—Porque me ha parecido lo correcto.

—¿Lo correcto? —preguntó él con ironía—. Pues déjame decirte que llegas demasiado tarde. La verdad ya no puede ayudar a mi madre. Y, por mi parte, me da igual lo que piensen de mí en Mecjoria. Pero gracias de todas formas.

Por el tono de voz de Alexei, Ria supo que no le estaba agradecido en modo alguno. Sin embargo, aquel documento tenía repercusiones que iban mucho más allá de lo estrictamente personal; repercusiones que podían ser muy importantes para su país.

—Lo siento mucho, Alexei —se disculpó Ria, cambiando de estrategia—. Siento haberme comportado como lo hice.

Él se encogió de hombros.

—Han pasado diez años desde entonces. Ya no tiene ninguna importancia —dijo—. Mi vida está aquí. No quiero saber nada del país que decidió que mi madre y yo no éramos dignos de vivir en él.

—Pero...

Ria prefirió no decir nada más. Había demasiadas cosas en juego, y era evidente que Alexei no estaba preparado para escucharlas. Si daba un paso en falso, si hablaba antes de tiempo, la expulsaría para siempre de su vida y no tendría una segunda oportunidad.

—Márchate, por favor. De lo contrario, me veré obligado a llamar a los guardias y se enterará la prensa.

Aunque, ahora que lo pienso, podría ser conveniente para mí, les podría contar una historia de lo más interesante.

Ria se preguntó si la estaba amenazando de verdad y, en tal caso, si ella se podía permitir el lujo de un escándalo. Desde un punto de vista personal, empeoraría el estado de su madre y la devolvería a las garras de su padre. Desde un punto de vista político, podía significar el fracaso de su misión.

No tenía más remedio que ganarse la confianza de Alexei. Pero sus posibilidades parecían cada vez más escasas.

—Honoria... —dijo él en tono de advertencia.

Ria no se movió.

Alexei la miró con intensidad y, tras dedicarle una burlona reverencia, añadió:

—Sal de aquí, duquesa.

Ella se giró hacia la puerta abierta, pero no dio ni un paso. No se podía ir. No sin haber hablado con él.

Capítulo 2

RIA pensó en lo que Alexei le había dicho minutos antes: «Dudo que estés aquí por un asunto de vida o muerte». Su ironía estaba completamente desencaminada. El difunto rey Felix había sido un hombre mezquino, pero todos lo recordarían como a la mejor de las personas si Ivan llegaba a acceder al trono.

Ella lo sabía mejor que nadie. Llevaba diez años sin ver a Alexei, pero había mantenido el contacto con su primo Ivan y lo conocía a fondo. De ser un niño brutal, que torturaba a los animales, había pasado a ser un hombre implacable, egoísta, agresivo y extraordinariamente peligroso para el país.

Por desgracia, solo había una persona que se pudiera interponer en su camino: Alexei. Y no quería saber nada de Mecjoria.

—Por favor, escúchame. ¡Te lo ruego!

Él sonrió con crueldad.

—¿Por favor? Vaya, ni siquiera sabía que fueras capaz de pronunciar esas dos palabras —se burló.

—Yo...

—Muy bien —la interrumpió con dureza—. ¿De qué se trata?

–No sé si querrás saberlo.

Alexei se apoyó en la pared y se cruzó de brazos.

–Has conseguido despertar mi curiosidad. Me encantaría saber qué es tan importante como para que la gran Honoria Escalona se rebaje a pedir algo por favor.

–¿Lo dices en serio?

–Por supuesto –respondió él con sorna–. Me divierte que la tortilla se haya dado la vuelta. Creo recordar que, en cierta ocasión, te pedí algo... te lo pedí como tú me lo estás pidiendo a mí, pero me negaste tu ayuda.

Ella no lo había olvidado. Alexei le había pedido que los ayudara a su madre y a él; que intercediera ante su padre para que, por lo menos, les dejara algún lugar donde vivir, una de las muchas propiedades que les había confiscado, dejándolos sin techo y en la ruina. Pero Ria no sabía que la madre de Alexei estaba muy enferma, ni comprendía el alcance de las maquinaciones de su padre, de cuyo lado se puso.

–Cometí un error –se disculpó.

Ria siempre había sabido que su padre era un hombre implacable y ambicioso, pero no creía que fuera capaz de mentir y manipular hasta el extremo de condenar a una mujer inocente y a su hijo. Cuando le dijo que los expulsaba por el bien del país, lo creyó. Cuando le dijo que la relación de la madre de Alexei con uno de los miembros más jóvenes de la familia real era un problema de Estado, pensó que decía la verdad.

Y ahora, diez años después, había descubierto que su padre la había engañado y manipulado de la peor manera.

–¿Qué ocurre, cariño? –ironizó Alexei–. ¿Te incomoda la situación?

Ria contempló el destello cruel de sus ojos y supo que estaba disfrutando. Se estaba vengando de ella; se estaba cobrando un pequeño precio por lo que le había hecho en el pasado. Y lo comprendió perfectamente.

–Rogar no es divertido, ¿verdad? –prosiguió él–. Especialmente, cuando te ves obligado a rogar a una persona a quien no querrías ver en toda tu vida.

Ella guardó silencio mientras él la miraba desde la raíz de su cabello inusitadamente recogido hasta la punta de sus zapatos, tan limpios que brillaban. Seguía apoyado en la pared, con los brazos cruzados sobre su imponente pecho. Parecía un depredador ante su presa; un depredador sin prisa, dispuesto a esperar.

–Yo lo sé muy bien, Ria. He estado en esa misma situación. Te rogué, te supliqué, me humillé ante ti... y me fui con las manos vacías.

Ria era consciente de que tenía pocas posibilidades, pero decidió probar otra vez, con un argumento distinto.

–Mecjoria te necesita –dijo.

Alexei no se inmutó.

–De todas las cosas que podrías decir, esa es la que menos me interesa y la que menos efecto puede tener en mí. Pero adelante, intenta convencerme de lo contrario; puede que se te ocurra alguna forma de persuadirme...

Ria no era tan ingenua como para no ser consciente de la forma de persuasión a la que se refería, y no estaba dispuesta a rebajarse hasta ese extremo. Sacó fuerzas de flaqueza, alzó la barbilla y clavó sus ojos verdes en los negros de Alexei.

–No, gracias –replicó con frialdad.

Pensó que su padre habría estado orgulloso de ella. Su actitud era absolutamente digna de la gran duquesa Honoria Maria Escalona, de la hija del canciller. Pero después de lo que había descubierto sobre su padre, ni le interesaba su opinión ni le importaba su dichoso título nobiliario. Ya no quería ser la mujer que había sido.

–Tu tono aristocrático no te servirá de nada. Conmigo no –le advirtió él.

Ria se dijo que, de momento, no podía hacer nada salvo asumir su derrota y marcharse de allí. Él había ganado la batalla. Pero ganar una batalla no era ganar la guerra.

–Gracias por tu tiempo, Alexei.

Él se acercó y ella estuvo a punto de perder el aplomo cuando captó su aroma cítrico, profundamente masculino. Por suerte, las siguientes palabras de Alexei rompieron el hechizo y le recordaron que ya no era el que había sido. Había cambiado mucho.

–Me gustaría poder decir que ha sido un placer, pero los dos sabemos que mentiría –declaró con sarcasmo.

Ria asintió.

–Sí, los dos lo sabemos.

–En ese caso, adiós. Da recuerdos a tu padre.

Alexei lo dijo con un tono tan provocador que Ria

sintió la tentación de quedarse. Pero se recordó que había perdido la batalla y que debía optar por una retirada estratégica. Era un asunto demasiado importante. No se lo podía jugar todo a una sola carta.

En cuanto a él, solo quería que se fuera. En parte, porque la niña a la que tanto había querido se había convertido en una mujer enormemente atractiva, que había despertado su deseo; y, en parte, porque su presencia le recordaba demasiadas cosas. Cosas que había creído olvidadas y enterradas para siempre.

Solo habían pasado diez años, pero tenía la sensación de que había pasado un siglo. Cuando Ria le entregó el documento que demostraba la legitimidad del matrimonio de su madre, se limitó a echarle un vistazo y a desestimarlo enseguida porque ya no tenía la menor utilidad. Era demasiado tarde. Su madre había muerto.

Pero había algo en aquella situación que le parecía enormemente sospechoso. Algo que no encajaba. No podía creerse que Honoria se hubiera presentado en la sede de su empresa sin más objetivo que el de entregarle ese documento.

Justo entonces, se acordó de lo que había dicho: «Ya no soy gran duquesa; bueno, ni grande ni pequeña, porque ya no soy duquesa en absoluto».

Al pensarlo, cayó en la cuenta de un detalle en el que no había reparado hasta entonces. Efectivamente, había algo que no encajaba; pero, fuera lo que fuera, también había algo que faltaba. O, más bien, alguien.

¿Dónde estaba su guardaespaldas? ¿Dónde estaba el hombre que siempre la acompañaba a todas partes,

preparado para entrar en acción si surgía algún problema? Ria había llegado sola. Estaba sola.

¿Cómo era posible?

Alexei estaba perfectamente al tanto de la situación política de su antiguo país. No le interesaba en
exceso, pero había salido en todas las noticias. Había
manifestaciones y protestas en la capital, Alabria. El
gran duque Escalona, que además de ser el padre de
Ria era también el canciller, se había dirigido a la población para pedir tranquilidad. Luego, el rey y el
nuevo heredero al trono habían fallecido inesperadamente y la situación se había complicado.

Alexei intentaba despreocuparse de los asuntos de
Mecjoria, pero le costaba mucho. A fin de cuentas, era
el país de su padre; el país que también habría sido el
suyo si no se hubiera visto obligado a abandonarlo.

«Por favor, Lexei...».

¿Por qué le había hablado en esos términos? ¿Por
qué se había dirigido a él con el nombre que cariñosamente le daba en otra época, cuando eran más jóvenes y más inocentes, cuando seguían siendo ami-
gos?

Ria le estaba ocultando algo importante. Y necesitaba saberlo.

—Muy bien, has despertado mi curiosidad. Es evidente que tienes algo que decir, así que te concedo
diez minutos de mi tiempo. Pero será mejor que me
digas toda la verdad. ¿Por qué has venido a mi empresa sin avisar antes? ¿Qué significa eso de que ya
no eres duquesa? No mientas. Sé sincera conmigo.

Ria se quedó atónita. No esperaba que cambiara de opinión. Se giró hacia él con la boca entreabierta y un destello de asombro en sus preciosos ojos verdes.

El efecto en Alexei fue devastador. La expresión de sus ojos y su boca despertó en él un profundo deseo, un apetito sexual que lo pilló por sorpresa. En ese momento, Ria le pareció la tentación personificada.

Pero, por otra parte, no tenía nada de particular. Ya no era una niña; se había convertido en una mujer preciosa y perfectamente capaz de despertar el deseo de un hombre. Una mujer que le gustaba más de lo que le había gustado nadie en muchos años.

—¿Es que no me crees? —preguntó ella.

—No se trata de que te crea o no te crea —respondió—. Sin embargo, me extraña que un miembro de la familia real de Mecjoria haya renunciado a su título nobiliario. Significa demasiado para vosotros.

Ria sacudió la cabeza.

—Yo no he renunciado a mi título.

—Entonces, ¿qué ha pasado?

—Que nos los han quitado. A mi padre y a mí.

Alexei frunció el ceño.

—¿Que te lo han quitado? No me ha llegado ninguna noticia.

Ria se preguntó cómo era posible que no lo supiera. Suponía que sus empleados lo mantenían informado sobre los asuntos de Mecjoria y que, en consecuencia, lo habrían investigado y habrían informado a su jefe. Pero, por la expresión de Alexei, supo que le estaba diciendo la verdad; así que dijo:

—No es de conocimiento público. Oficialmente, mi

padre está... descansando. Recuperándose de una do-
lencia.

–¿Y extraoficialmente?

–Está detenido.

–¿Detenido?

–Sí. Lo han llevado a la prisión estatal.

Alexei se quedó perplejo. La noticia era tan sorprendente que casi borró hasta la última huella de deseo en él.

–¿De qué lo acusan?

–De nada –contestó Ria–. Supongo que la acusación
dependerá de la evolución de los acontecimientos.

–Pero ¿qué ha hecho?

Él no lo podía entender. Gregor siempre había sido
un hombre astuto; un hombre más que capaz de cuidar de sus intereses. ¿Se habría pasado de listo y de
avaricioso? ¿Habría cometido algún error?

–Bueno, digamos que se equivocó de bando en la
lucha por el trono.

Alexei asintió. Ya no le interesaban los problemas
de Mecjoria, pero todo el mundo sabía que, tras la
muerte del viejo rey Leopold, se había desatado una
lucha por el poder. Su hijo, el príncipe Marcus, había
asumido la jefatura del Estado durante unos meses,
hasta que sufrió un infarto y falleció. Como Marcus
no tenía descendencia, el trono debería haber pasado
a Felix, sobrino de Leopold, pero se había matado en
una carrera de coches.

–Comprendo –dijo sin más.

–Tras la muerte de Felix, mi padre se ha convertido en un enemigo para determinadas personas, que
lo ven como una amenaza.

Alexei supo que no le estaba diciendo toda la verdad; lo notaba en sus ojos, en la tensión de su delicada mandíbula y el suave y casi imperceptible temblor de sus labios. Unos labios que deseaba besar.

—Bueno, todo saldrá bien —le aseguró.

—¿Tú crees? —dijo ella con ironía.

La expresión de Ria cambió de repente. Tras unos momentos de debilidad, había recuperado el aplomo y volvía a ser la altiva, aristocrática y orgullosa Honoria. Pero, lejos de molestarle, lo encontró de lo más atrayente. Aquella mujer era un desafío, y la deseaba tanto que casi resultaba doloroso.

—Tú no sabes nada, Alexei. No sabes si las cosas van a salir bien o si van a salir mal —continuó ella—. No has puesto un pie en Mecjoria desde hace diez años.

—Porque no podía —le recordó él—. Nos dejaron bien claro que no nos querían allí.

Alexei era más que consciente de que la caída en desgracia de su familia se debía a Gregor, al mismo hombre que, al parecer, estaba en una cárcel de Mecjoria. ¿Qué esperaba Ria? ¿Que sintiera lástima por él? El muy canalla ni siquiera les había permitido que asistieran al entierro de su padre; se había encargado de que la policía los escoltara al aeropuerto y los subiera al primer avión que despegara del país.

Después, Gregor se encargó de robarles hasta el último céntimo de su herencia, dejándolos en una posición tan precaria que no tenían más posesión que su ropa. Y, no contento con eso, retiró el título a su madre y ocultó el documento que Ria le acababa de llevar inesperadamente; el documento que demostraba que su matrimonio había sido legítimo, que el difunto rey les había dado permiso para casarse.

No, definitivamente, no lamentaba que ese hombre estuviera en prisión.

—Además, no necesito estar en Mecjoria para saber lo que sucede. Ha salido en todos los periódicos.

—Lo sé, pero los periódicos están llenos de mentiras y manipulaciones —alegó ella.

A Ria se le humedecieron los ojos. Alexei se dio cuenta y no se pudo resistir a la tentación de extender un brazo y secarle la solitaria lágrima que empezaba a descender por su mejilla. Al sentir el contacto de su suave piel, se estremeció y la deseó con más fuerza; pero, a pesar de ello, se contuvo.

No la podía besar. Estaba demasiado tensa, demasiado nerviosa. Si se dejaba arrastrar por el deseo, solo conseguiría que se encerrara en sí misma. De momento, no podía hacer nada salvo tranquilizarse un poco e intentar animar a su antigua amiga.

—Está bien. Cuéntamelo todo.

Ria respiró hondo. No se sentía con fuerzas para seguir adelante, pero no tenía más opción; si fracasaba en su intento, las consecuencias serían terribles para su país y para su propia familia, empezando por su madre. La pobre mujer había perdido el interés por la vida; no comía, no descansaba, no hacía otra cosa que dejarse llevar por la inercia y por las pesadillas que la torturaban de noche.

Unas pesadillas de las que el padre de Ria era protagonista.

Desde que la policía estatal se presentó en la casa y se lo llevó esposado, no lo habían visto ni una sola vez. Sabían que estaba vivo y en la cárcel, pero nada más. Fue entonces cuando, acuciada por la necesidad de encontrar algo que demostrara su inocencia, se puso a buscar y encontró el documento que le había llevado a Alexei y otros muchos que revelaban la verdad sobre su querido padre.

La triste y terrible verdad.

Capítulo 3

RIA se recordó que estaba allí para eso, para contarle una historia que no había salido en los periódicos: la de las antiguas leyes hereditarias a las que se había apelado tras la muerte del heredero al trono. Pero no le podía hablar de esas leyes sin mencionar que le afectaban directamente. Y Alexei le había dejado claro que no sentía el menor interés por los asuntos de Mecjoria.

Además, el contacto de sus dedos la había dejado desconcertada e inquietantemente vulnerable. Un simple roce, de apenas un segundo, había bastado para derribar todas las barreras que había levantado alrededor de su corazón. Quizá, porque llevaba sola demasiado tiempo, sin nadie que la apoyara. Quizá, porque el hombre que la había tocado era Alexei, su viejo y querido amigo de la infancia.

Quiso mirarlo a los ojos, pero estaba tan cerca de ella y era tan alto que tuvo que echar la cabeza hacia atrás. Cuando sus miradas se encontraron, se quedó sin aire. Si buscaba un poco de afecto, se había equivocado de persona.

Pero lo necesitaba. Necesitaba al amigo que había sido y al hombre fuerte, seguro de sí mismo e increíblemente atractivo que era ahora.

–Cuéntamelo todo –repitió él.

Ella carraspeó.

–No sé si querrás saberlo.

–¿Ah, no? Bueno, cuéntamelo de todas formas.

Ria lo miró de nuevo y se preguntó si estaría dispuesto a ayudarla. Se acordó del jovencito que había sido, de lo mucho que lo quería, de las muchas veces que había soñado con él y de todas las situaciones en que, de un modo u otro, había salido en su ayuda o le había prestado un hombre donde llorar.

–Dímelo, Ria.

Alexei le volvió a acariciar la mejilla y, esa vez, Ria no se pudo contener. Giró la cara y le dio un beso en la mano.

Fue como si todo cambiara de repente. Tuvo la sensación de que su corazón y su respiración se habían detenido. El limpio y almizclado aroma de Alexei la embriagó por completo, provocando una descarga eléctrica en todas y cada una de sus terminaciones nerviosas.

Ahora quería más. Deseaba ir más lejos. Lo necesitaba.

Ya no estaba con el adolescente de sus sueños de niña, sino con un hombre adulto que le gustaba, que la excitaba, que había despertado en ella un deseo tan tórrido que casi no se podía refrenar.

Casi.

–Ria... –dijo él con voz ronca.

Alexei se le había acercado un poco más, y, cuando ella notó el calor de su aliento en la piel, sintió un estremecimiento que descendió por su espalda e hizo que doblara los dedos en el interior de sus elegantes y limpios zapatos.

—Alex...

Pronunciar su nombre fue un error, porque tuvo que abrir la boca y le volvió a rozar la mano con los labios. Fue como arrojar una cerilla encendida a un campo seco. La chispa que había saltado cuando Alexei entró en la habitación se convirtió en un incendio que amenazaba con abrasarlos a los dos, porque era evidente que él también la deseaba. Ria lo supo por la tensión de su cuerpo y de sus dedos, que en ese momento se cerraban con más fuerza sobre su mandíbula.

Se puso nerviosa y repitió su nombre en un intento por recuperar la calma y arrastrarlo a caminos más seguros, sin ser consciente de que el sonido de su voz iba a tener el efecto contrario.

—Alex...

Alexei bajó la cabeza y ella se quedó sin habla. Un segundo después, asaltó su boca con la lengua y la empezó a besar con tanta pasión que se le doblaron las rodillas. Solo pudo dejarse llevar y apretarse contra su cuerpo.

Él susurró algo ininteligible y, sin dejar de besarla, la apoyó contra la pared. Ria se estremeció de nuevo al sentir el contacto de su dura y potente erección, prueba inequívoca de que estaba tan dominado por el deseo como ella. La besaba sin contención, tentándola, excitándola, torturándola exquisitamente. Le acariciaba las caderas y la cintura por encima del algodón del vestido, implacable.

Ria notó que se le tensaban los pechos y se le endurecían los pezones contra el suave encaje del sujetador, ansiando el contacto de aquellos dedos.

Incapaz de detenerse, le mordió el labio inferior y le arrancó un gemido. Luego, le pasó la lengua por la zona que acababa de morder y se la succionó un poco, recibiendo a cambio un gruñido ronco que no dejaba lugar a dudas: la estaba animando a tomarse más libertades, a acariciarlo del mismo modo en que él la acariciaba a ella.

—Eres preciosa... —le dijo.

Ria se quedó desconcertada. ¿Le había dicho que era preciosa? ¿Era posible que un mujeriego internacionalmente famoso, cuyas aventuras con actrices y modelos llenaban las páginas de la prensa del corazón, la encontrara atractiva? Se acordó de sus sueños de adolescencia y de todo lo que habría dado entonces por conseguir su amor. Pero Alexei la consideraba una niña, y solo le podía dar su amistad.

—¿Quién se habría imaginado que te convertirías en toda una mujer?

—Bueno, es que ha pasado mucho tiempo —acertó a decir, incómoda—. No sabes cuánto te he echado de...

Ria no terminó la frase. A pesar de su excitación, se dio cuenta de que revelar sus antiguos sentimientos no le convenía en absoluto. Tenía que recuperar el control, y recuperarlo con rapidez. En primer lugar, porque Alexei ya no era amigo suyo y, en segundo, porque el futuro de Mecjoria y de ella misma estaba en sus manos, aunque aún no lo supiera.

Por mucho que le gustaran sus caricias y por mucho que ansiara su deseo, debía recordar que no había ido a hablar con él para hacer el amor.

—Te han echado mucho de menos —continuó, intentando salir del atolladero—. En Mecjoria, quiero decir.

Sus palabras tuvieron el efecto que esperaba. Alexei se apartó inmediatamente de ella y la miró con frialdad.

–¿Que me han echado de menos? ¿En Mecjoria? Lo dudo mucho –dijo en voz baja–. Dudo que eso sea verdad.

–¡Lo es! –afirmó ella–. Te extrañan... y te necesitan.

Él arqueó una ceja.

–¿Me necesitan?

Durante unos segundos, Ria se arrepintió de haber provocado que Alexei se apartara de ella. Lo había hecho porque tenía una misión importante, pero en ese momento se sentía sola y abandonada. Habría dado cualquier cosa por ganarse otra vez sus besos, su contacto, las atenciones de aquellas manos firmes, el calor y el deseo que se iban difuminando, poco a poco, en el frío ambiente de la tarde.

Por su expresión, supo que lo había perdido de nuevo. Estaba escrito en sus ojos y en su inmovilidad, que solo rompió para llevarse una mano a la corbata, como si le apretara de repente. Se la aflojó, se desabrochó el primer botón de la camisa y, a continuación, se soltó también el segundo.

–En Mecjoria no hay nadie que me eche de menos –declaró él–. Nadie que me pueda querer por ninguna razón.

Ella sacudió la cabeza.

–Estás muy equivocado.

–¿Ah, sí?

Ria no sabía qué hacer para convencerlo. Alexei se había labrado un futuro en Inglaterra; allí estaba su vida, su fortuna, su hogar. Y por lo que le había dicho, era evidente que no le interesaban los asuntos de Mecjoria.

¿Tenía derecho a presentarse en su ciudad y pedirle que renunciara a todo lo que había conseguido? No estaba segura; pero, en cualquier caso, estaba segura de que Alexei tenía derecho a saber lo que ella había descubierto. Y a tomar después la decisión que le pareciera más conveniente.

—Está bien, Ria... Te lo pondré más fácil.

—¿Más fácil? —dijo, desconcertada.

—En efecto. Ya has dicho dos veces que en Mecjoria me echan de menos y me necesitan. Pero sé que estás mintiendo.

—No miento. Es la verdad.

—¿Intentas convencerme de que el país que me expulsó, el mismo país que no me consideraba digno de él, me echa de menos? ¿Me estás diciendo que los mismos que me desheredaron y que no han querido saber nada de mí en toda una década me necesitan?

Ella se limitó a asentir. No tenía fuerzas para nada más.

—Entonces, será mejor que te expliques —prosiguió Alexei—. ¿Qué es eso de que me necesitan? ¿En calidad de qué?

—En calidad de...

—¿Sí?

Ria abrió la boca dos veces, y dos veces la volvió a cerrar. Pero, a la tercera, después de que Alexei entrecerrara los ojos y le lanzara una mirada implacable, dijo:

—En calidad de rey. Felix ha muerto, y es esencial que ocupes el trono de Mecjoria.

Capítulo 4

EN CALIDAD de rey.

Las palabras de Ria fueron como una bofetada para Alexei, que se quedó completa y totalmente perplejo.

¿La habría oído bien?

Jamás se habría imaginado que le iba a ofrecer el trono de Mecjoria. De sus palabras, había deducido que estaba allí para pedirle ayuda, y que le había llevado el documento sin más intención que ablandarlo. A fin de cuentas, era un hombre poderoso; perfectamente capaz de sacar a su familia de la pobreza y el descrédito.

Cuando Ria le besó la mano y se apretó contra él, pensó que lo estaba tentando por motivos que no tenían nada que ver con el deseo. Pero se dejó tentar porque la deseaba, porque ninguna mujer lo había excitado tanto con tan poco. Ninguna de las muchas mujeres con las que había salido.

Sin embargo, sus días de conquistador eran cosa del pasado. Alexei había empezado a cambiar tras su desgraciada experiencia con Mariette y la trágica muerte de Belle, su hija. Su apetito se había desvanecido. Ya no disfrutaba del placer de la conquista, aunque tampoco se podía decir que necesitara conquistar a nadie;

hiciera lo que hiciera, las mujeres se arrojaban casi literalmente a sus brazos.

Alexei no se engañaba a sí mismo. Sabía que no se sentían atraídas por él, sino por su riqueza y su posición social. A pesar de ello, aceptaba sus atenciones y disfrutaba de ellas de vez en cuando. Pero ninguna le había gustado tanto como le gustaba Honoria Escalona, la antigua y joven amiga que se había transformado en una criatura sorprendente y maravillosamente sensual.

Una mujer que, como muchas otras, estaba dispuesta a ofrecer sus servicios sexuales a cambio de algo. Una mujer que acababa de desbaratar su deducción; porque, si no estaba allí para pedirle ayuda, ¿qué quería?

—¿Me estás tomando el pelo? —bramó.

Alexei la miró con dureza, pero, al ver su expresión de vulnerabilidad, se empezó a preocupar y dijo:

—Es una broma, ¿no?

Ella sacudió la cabeza, sin decir nada.

—Tiene que ser una broma. Y de muy mal gusto.

Ria se mordió el labio inferior y tragó saliva antes de hablar.

—No, me temo que no.

—Pero eso no tiene ni pies ni cabeza. No es posible que me estés diciendo la verdad.

—¿Por qué no?

—Porque tu padre no tendría nada que ganar.

Ria lo miró con desconcierto.

—¿Mi padre?

La afirmación de Alexei le pareció de lo más irónica. Obviamente, pensaba que estaba allí porque su padre se lo había pedido, pero su padre era la última persona del mundo que deseaba verlo en el trono. De hecho, sería uno de los principales beneficiarios de la operación que se pondría en marcha si ella no lograba convencer a Alexei.

Sin embargo, se había prometido a sí misma que no le contaría esa parte de la historia. No quería utilizar su triste situación personal en beneficio propio. Los Escalona ya le habían hecho demasiado daño.

—Sí, eso he dicho, tu padre —respondió Alexei—. Por eso estás aquí, ¿verdad? Porque él te lo ha ordenado.

Ella volvió a sacudir la cabeza.

—No, mi padre no me ha enviado a verte. Aunque la decisión que tomes tendrá efectos en su vida y en las vidas de todos los habitantes de Mecjoria.

—¿Y crees que sus vidas me importan?

—Te deberían importar.

—¿Por qué?

—Porque, si no haces algo, el país caerá en el caos. Habrá muertos, heridos... la gente lo perderá todo.

Esa vez fue Alexei quien guardó silencio. Ria hablaba con tanta desesperación que había despertado su interés.

—Si tú no ocupas el trono, lo ocupará Ivan.

Alexei respiró hondo y entrecerró los ojos, como si la información de Ria le desagradara profundamente. A fin de cuentas, Ivan Kolosky era una de las personas que habían hecho lo posible por destrozar la vida de Alexei; precisamente, para impedir que pudiera reclamar el trono. Y a pesar de que eran primos lejanos, se odiaban con todas sus fuerzas.

–¿Cómo es posible que Ivan sea el siguiente en la línea de sucesión? –preguntó Alexei, sin entender nada.

–Veo que no recuerdas las leyes de Mecjoria –comentó Ria–. Como Felix y los reyes anteriores no tuvieron descendencia directa, el trono debe pasar al siguiente en la línea de sucesión... y ese hombre eres tú.

–O Ivan, si no acepto tu oferta.

–Sí, así es.

–En ese caso, problema resuelto.

Ria lo miró a los ojos, esperanzada.

–Entonces, ¿estás dispuesto a...?

–No me interpretes mal –la interrumpió–. Solo iba a decir que ya tenéis heredero; un hombre que desea el trono mucho más que yo. Y con la ventaja de que ni siquiera tendréis que demostrar su legitimidad.

–Pero Ivan no es el primero en la línea de sucesión. Solo lo será si tú renuncias a tus derechos dinásticos –declaró ella, angustiada.

–¿Y qué?

–¡No podemos permitir que ocupe el trono!

Alexei le lanzó una mirada tan intensa y fría que la dejó clavada en el sitio.

–¿Podemos? –dijo con sorna–. ¿Por qué hablas en plural? Tú y yo no formamos un equipo. No tenemos los mismos intereses.

–Piensa en el bien de Mecjoria, por favor...

Él sonrió.

–Discúlpame, pero no quiero saber nada de Mecjoria, nada en absoluto. Nunca fue un hogar para mí.

–¿Es que no sabes lo del eruminium, lo del mineral que han descubierto en las montañas? –le preguntó.

–Sí, claro que lo sé.

–Y también sabrás que han empezado a extraerlo...

Alexei arqueó una ceja.

–Sí. Supongo que será una excelente fuente de ingresos para mi querido primo.

–¿Es que no lo comprendes? Será una gran fuente de ingresos, pero el eruminium sirve para fabricar armas tan peligrosas como las bombas atómicas.

–Sigo sin saber adónde quieres llegar.

–A que Ivan carece de escrúpulos. Se lo venderá al mejor postor, sin preocuparse de lo que puedan hacer con él.

–¿Y crees que yo no haría lo mismo?

–Espero que no –dijo, nerviosa.

A Ria ya no le importaba que Alexei se diera cuenta de lo preocupada que estaba. Nada había salido según sus planes. La gente le había dicho que solo tenía que hablar con él y hacerle entrar en razón; que no rechazaría una oferta como esa. Al fin y al cabo, el trono de Mecjoria le daría tanto poder como riqueza.

Pero, cuando volvió a mirar al elegante y peligroso hombre que estaba ante ella, pensó que las personas que le habían dicho eso no lo conocían en absoluto. Alexei Sarova ya tenía todo lo que podía necesitar.

Además, Ria era consciente de que caminaba por la cuerda floja. Si él llegaba a saber que ella era una de las principales beneficiarias de que aceptara el trono, perdería cualquier posibilidad de convencerlo. La odiaba demasiado.

–¿Solo lo esperas? –preguntó Alexei, con una ironía que abrió nuevas fisuras en la coraza emocional de Ria–. Supongo que no puedo esperar otra cosa de ti.

En el fondo de aquellos ojos negros latía algo que la atraía y la aterrorizaba al mismo tiempo, pero había algo más, algo que no alcanzaba a adivinar.

—No puedo estar segura —se defendió—. No te conozco.

Alexei asintió.

—Sí, eso es cierto.

—Sin embargo, sé que el país se hundirá en el caos si no solucionamos pronto el asunto de la sucesión. Hasta es posible que la gente se rebele.

Él volvió a sonreír.

—Y a tu padre no le gustaría que la gente se rebele, ¿verdad? —comentó—. Pero sigo sin entender qué ganaría yo en todo ese asunto. Tu padre traicionó la memoria del mío al afirmar que su matrimonio con mi madre no tenía validez. Es obvio que quería una persona distinta para el trono, además de asegurarse todo el poder posible para sí mismo.

Las palabras de Alexei dañaron un poco más la capa defensiva de Ria, dejándola dolorosamente expuesta. No podía defender a su padre de aquellas acusaciones. De hecho, no sentía el menor deseo de defenderlo. Hasta podría haber añadido argumentos en su contra.

—Ese hombre destruyó a mi madre, le quitó todo lo que tenía y la expulsó de su país, de su hogar —le recordó.

Ria pensó que también lo había desterrado a él, y se maldijo a sí misma por haber creído la versión de su padre, por haber pensado que era hija de un hombre leal a Mecjoria. Pero ahora sabía que Gregor había jugado con ella; estaba informado de que el matrimonio de la madre de Alexei era perfectamente legítimo, así que había ocultado el documento para expulsarla de la corte.

–Bueno, creo que te ha ido bastante bien.

Él arqueó una ceja.

–¿Que me ha ido bien?

Ella guardó silencio.

–Si te refieres a que tuve que trabajar día y noche para mantener a mi madre y asegurarme de que recibiera el tratamiento médico adecuado, sí, supongo que me fue bien –continuó Alexei–. Pero, al margen de lo que yo tuviera que hacer y de lo que haya conseguido, nada justifica lo que hizo tu padre, ni me obliga a mí a ayudarlo.

–No, por supuesto que no.

–Entonces, ¿qué quieres de mí?

–¿No comprendes que tú pudiste tener algo que ver con los motivos que lo empujaron a enviarte al exilio?

–¿Qué significa eso?

Ria se quedó sin habla. Sin darse cuenta, acababa de saltar de la sartén al fuego. Solo pretendía decir que la actitud rebelde de Alexei había contribuido a la reacción de Gregor contra él y su familia; pero había insinuado otra cosa y no se le ocurría la forma de volver atrás. Su comportamiento en la corte no había sido tan importante como un escándalo bastante más oscuro que había tenido lugar en Inglaterra.

–Nada... no significa nada. Lo siento. Es evidente que...

Alexei la miró con desconfianza.

–Olvídalo, por favor –continuó ella–. No pretendo remover el pasado.

–No, será mejor que no lo hagas. Por lo menos, si quieres que ayude a tu padre; porque, de lo contrario, me encargaré de que arda en el infierno.

La amenaza de Alexei la sacó de sus casillas.

–Pues ardería contigo, ¿no te parece? –bramó, enfadada–. A fin de cuentas, lo que mi padre hizo es poca cosa en comparación con dejar morir a tu propia hija.

Fue como si la habitación se hubiera congelado de repente; como si el aire se hubiera convertido en hielo, quemándole los pulmones a Ria e impidiéndole respirar. Pero, paradójicamente, los ojos de Alexei ardían como teas.

–¿Ah, sí?

Ria sabía que había ido demasiado lejos y que se había puesto en peligro; no en peligro físico, porque sabía que su antiguo amigo era incapaz de ejercer ese tipo de violencia contra ella, sino en peligro emocional. De hecho, retrocedió varios pasos, poniendo tanta distancia entre ellos como le fue posible.

–Yo no estaría tan seguro de lo que has dicho –continuó él–. Hay muchas formas de destruir la vida de un niño.

Ella parpadeó, sin saber lo que había querido decir. ¿Estaría al tanto de lo que su padre había planeado? ¿Por eso se había mostrado tan hostil contra Gregor, cuando todavía estaba en Mecjoria? Por aquel entonces, Ria seguía creyendo en su padre y pensaba que la actitud de Alexei no tenía justificación, pero ahora conocía la verdad y se sentía tan traicionada como estúpida por haberse dejado engañar.

¿Era posible que Alexei lo hubiera adivinado todo,

diez años antes que ella? No tenía forma de saberlo, pero sus palabras le parecían de lo más inquietantes.

–No quería sacar a relucir el pasado.

–Pero lo has hecho.

Alexei la miró con una enorme dureza.

–Lo siento –se disculpó ella de nuevo.

–¿Por qué te disculpas? Todo el mundo sabía que yo era un irresponsable que bebía demasiado, ¿verdad? La clase de hombre capaz de abandonar a su hija después de una juerga. Un hombre que se emborrachó hasta el extremo de no darse cuenta de que su bebé estaba muerto en la cuna.

–No sigas, por favor.

Ria se tapó la cara con las manos. Ni siquiera sabía por qué le dolían tanto las palabras de Alexei. A fin de cuentas, no era una noticia reciente; había salido en todos los periódicos, destrozando lo poco que quedaba de su buena reputación. Y, de paso, la había empujado a ella a romper todos los lazos con su amigo de la infancia, con el amigo que le había brindado su afecto y su apoyo hasta en los momentos más difíciles.

–¿Que no siga? –declaró él con voz tajante–. ¿Por qué, Ria? A fin de cuentas, me he limitado a decir la verdad.

Capítulo 5

ALEXEI había mantenido el aplomo hasta que Ria se refirió a la muerte de su hija. En ese momento, sus barreras se derrumbaron y el pasado hizo mella en él, hasta el punto de que no podía pensar con claridad.

Belle. La niña que había cambiado su vida y lo había apartado del precipicio al que se dirigía a toda velocidad. Pero, desgraciadamente, no lo había apartado tan deprisa como habría sido deseable.

Le había fallado a Belle. Había fallado a su propia hija. Y el recuerdo de su muerte pesaría siempre sobre su conciencia.

Miró a Ria y se dio cuenta de que sus ojos verdes se habían humedecido. Casi sintió envidia de ella. Nunca había sido capaz de llorar por Belle; simplemente, no había tenido la oportunidad: estaba demasiado ocupado, intentando sobrevivir a su pérdida.

Pero aquella niña no significaba nada para ella. ¿Cómo era posible que derramara lágrimas por una criatura a la que no había conocido y con quien no había mantenido la menor relación? Fuera como fuera, habría dado cualquier cosa por poder llorar.

–¿Por qué negar unos hechos que el mundo conoce

tan perfectamente? Además, si existiera otra versión de lo sucedido, nadie me creería.

–¿Es que hay otra versión? –preguntó ella.

Ni la propia Ria supo por qué se interesaba al respecto. Teóricamente, no estaba allí para conocer los sucesos que llevaron a la muerte de aquella niña. Pero, por algún motivo, le importaba. Quería saber la verdad.

Sin embargo, Alexei no parecía dispuesto a dar explicaciones.

–¿Por qué lo preguntas? –dijo él–. Si dijera que las cosas no fueron como lo contaron, tú tampoco me creerías.

Ella no dijo nada.

–Además –continuó Alexei–, ¿de qué serviría? ¿Es que puedes cambiar el pasado?

Ria sacudió la cabeza.

–No.

–Y supongo que tampoco puedes convertir a un diablo en un ángel. Ni siquiera en un ángel caído; porque te aseguro que yo puedo ser muchas cosas, pero no soy un demonio.

–No, tampoco puedo.

Él sonrió con tristeza.

–Por supuesto que no.

–Pero si hay otra explicación...

Alexei suspiró y dijo con brusquedad:

–No te quiero dar explicaciones, Ria. Como ya he dicho, nadie puede cambiar lo que pasó. Prefiero que olvidemos ese asunto y sigamos adelante.

–¿Seguir adónde, si se puede saber?

Ria lo preguntó con rabia. Alexei se había negado

a rechazar las acusaciones que pesaban sobre él. No había admitido que la historia que contaban sobre la muerte de su hija fuera cierta, pero tampoco se había molestado en negarla. Y, al adoptar esa actitud, había destrozado los últimos restos de la imagen idealizada que Ria había guardado en su memoria, la de un chico generoso y rebelde que siempre había estado a su lado.

—Sé que mi padre no es ningún santo, pero tú... eres odioso —declaró.

Sus palabras eran las de una mujer atrapada. Cuando descubrió la traición de su padre, Ria pensó que el viejo amigo de su infancia saldría en su ayuda, que le prestaría su apoyo a pesar de todo lo que había pasado. Sin embargo, la realidad era muy distinta. Aparentemente, Alexei Sarova había dejado de ser un amigo y se había convertido en un monstruo tan terrible como su primo Ivan.

—Hace un momento, no te parecía tan odioso —ironizó él—. Has aceptado mis besos y mis caricias. Habrías aceptado cualquier cosa de mí.

—¡Porque me has pillado por sorpresa!

Él la miró con escepticismo.

—Ah, vaya... ¿Y por qué me has besado y me has acariciado tú? ¿También por sorpresa? No te has resistido, Ria, has respondido a mi pasión con pasión.

Ria alzó la barbilla, orgullosa.

—No eres tan irresistible como te crees —bramó.

—Puede que no, pero eso carece de importancia. Es obvio que tengo algo que necesitas y que estás dispuesta a hacer cualquier cosa por conseguirlo. De hecho, creo que si te besara otra vez...

–¡No!

Ella retrocedió tan deprisa que chocó contra el sillón. Alexei sonrió con malicia, consciente de que su reacción confirmaba lo que había dicho.

–No te atreverías a llegar a tanto –insistió Ria.

Alexei sonrió un poco más, y ella se arrepintió de no haberse ido cuando aún podía. Había intentado hablar con él para convencerlo de que volviera a Mecjoria. Lo había intentado y había fracasado porque su análisis de la situación había resultado ser erróneo. Ella no era la persona más adecuada para aquella tarea; era la más inadecuada de todas, como los hechos acababan de demostrar.

Lejos de curar las heridas del pasado, los diez años transcurridos no habían hecho otra cosa que volverlas más profundas. Alexei la odiaba. Y, en esas circunstancias, no tenía más opción que marcharse de allí, con la cabeza tan alta como le fuera posible.

–Por supuesto que me atrevería –afirmó él con humor–. Y tú también te atreverías si estuvieras dispuesta a admitir que te gusto.

Ella sacudió la cabeza con desesperación.

–Tú no me gustas.

–Mentirosa.

Alexei dio un par de pasos hacia Ria, que respiró hondo en un intento por controlar sus emociones. Todo habría sido más fácil si Alexei no hubiera estado en lo cierto, pero lo estaba. Ardía en deseos de sentir sus brazos fuertes, su duro pecho, el contacto de su piel morena, su aroma intensamente masculino.

Por mucho que lo negara, se sentía atraída por él. Sus pensamientos podían decir lo contrario, pero los latidos acelerados de su corazón y la súbita sequedad de la boca no dejaban lugar a dudas. Quería que la besara, ansiaba que la besara.

A decir verdad, lo único que la detuvo fue el miedo a lo que pudiera pasar después. No estaba segura de poder conformarse con unas cuantas caricias. Si se dejaba llevar, querría mucho más. Y ya había ido demasiado lejos en lo tocante a su antiguo amigo.

–No soy ninguna mentirosa. No lo era hace diez años y no lo soy ahora –replicó, desafiante–. Pero estoy perdiendo el tiempo contigo.

–En eso estamos de acuerdo.

Alexei se alejó, y Ria pensó que acababa de perder la última oportunidad de que la escuchara. La recta y poderosa línea de su espalda se alzó ante ella como un muro. Por la tensión de su cuerpo y por sus manos, que se había metido en los bolsillos, era evidente que estaba haciendo un esfuerzo por mantener el aplomo.

–Está visto que no me vas a ser de utilidad. Será mejor que me marche.

–Sí, por favor.

Alexei no se dio la vuelta; tenía miedo de lo que pudiera ocurrir si Ria seguía en la habitación y sus miradas se volvían a encontrar.

La deseaba demasiado. La niña de diez años antes se había transformado en una mujer profundamente sensual, que le causaba un efecto incontrolable. La caída de su pelo, el brillo de sus hermosos ojos almendrados, la curva de sus caderas y la textura de sus labios lo habían envuelto en un hechizo del que no conseguía salir. Aún sentía el eco de su lengua en la boca y de la presión de sus senos contra su pecho.

Pero eso no era lo peor. Aun siendo consciente de la inconveniencia de desear a Ria, aun recordando todo lo que ella y su familia le habían hecho, sentía la tentación de olvidarlo todo a cambio de un beso más.

Desesperado, se dijo que no podía dejarse llevar por el deseo. Ria estaba demasiado ligada a Mecjoria, a un pasado que necesitaba dejar atrás. Si cometía el error de olvidarlo, se volvería a sentir como el adolescente que había sido. Sería como volver a aquellos tiempos de soledad, necesidad y desamparo.

Por otra parte, no se podía decir que Ria le estuviera facilitando las cosas. Aunque ya no tuviera un título nobiliario, lo miraba con la altanería y la superioridad de una gran duquesa; de la misma forma en que lo había mirado diez años antes, cuando lo juzgó y lo condenó sin concederle la menor oportunidad.

Sin embargo, Ria ya no era la antigua amiga de la que había esperado comprensión y apoyo, sino una mujer que estaba allí por sus propios intereses y que, por desgracia para él, le gustaba mucho. Le hervía la sangre en las venas cuando la miraba. Casi no se podía controlar. Estaba atrapado en una batalla interna; una batalla entre sus pensamientos, que lo instaban a librarse de ella, y sus emociones, que lo animaban a tomarla entre sus brazos.

Pero era una batalla que tenía intención de ganar.

—Te agradecería que te fueras —dijo él.

Al oír sus palabras, pronunciadas de un modo tan cortés como frío, Ria se acordó del padre de Alexei. Le había oído ese tono muchas veces, antes de que el cáncer se le extendiera y le dejara sin voz.

—Alexei, si pudieras...

—Olvídalo, Ria —la interrumpió—. Lo has intentado, pero no te vas a salir con la tuya. No sé quién te aconsejó que vinieras a hablar conmigo, pero les puedes decir de mi parte que no han enviado a la persona más adecuada. Casi habría sido mejor que enviaran a tu padre. Le habría prestado más atención que a ti.

Alexei oyó su grito ahogado y estuvo a punto de darse la vuelta.

Pero solo a punto.

—Márchate. No tengo nada más que decir —siguió hablando—. Espero que esta sea la última vez que nos veamos.

Alexei se preguntó si ella lo intentaría una vez más o se iría de una vez por todas. Clavó la vista en la ventana de la habitación; no porque tuviera interés en el paisaje nocturno, sino porque la cara de Ria se reflejaba en el cristal. Y se maldijo a sí mismo al desear que lo intentara de nuevo, que no se diera por vencida tan fácilmente.

En el silencio posterior, Ria bajó la cabeza, le lanzó una rápida mirada y se dirigió a la salida sin despedirse.

Cuando la puerta se cerró, Alexei cayó en la cuenta de que había dedicado a Honoria Escalona casi las mismas palabras que ella le había dirigido a él años antes, durante su última reunión en Mecjoria. De hecho, el encuentro había terminado del mismo modo, con Ria saliendo de la habitación.

Al recordarlo, recordó también sus sentimientos de

entonces. Habría dado lo que fuera por tener raíces, por sentirse parte de algo más grande que él. Había albergado la esperanza de que, tras la reconciliación de sus padres, las cosas cambiarían para mejor. Y cambiaron, pero solo brevemente. Cuando su padre cayó enfermo y falleció, el sueño de pertenecer a una familia desapareció con él.

Por suerte, ya no era una marioneta en manos del destino, sino un hombre poderoso y perfectamente capaz de tomar sus propias decisiones. Había expulsado a Ria en venganza por lo que le habían hecho. Le había negado su apoyo en revancha por todo el dolor que le habían causado. Y, teóricamente, debía estar contento.

Pero no lo estaba.

Tenía una incómoda sensación en la boca del estómago que no dejaba lugar a dudas. Lejos de sentirse satisfecho por lo sucedido, se sentía más vacío que nunca.

—Maldita sea...

Se giró hacia la mesa, donde había dejado el documento que le había llevado Ria, y pasó la mano por encima del papel. La firma le resultaba tan familiar que la habría reconocido en cualquier parte. Era la de su abuelo, el rey de Mecjoria.

El difunto rey.

Y ahora, después de diez años, su antigua amiga Honoria Escalona volvía a él para darle un documento que demostraba la legitimidad del matrimonio de sus padres y para ofrecerle el trono del país.

No tenía ni pies ni cabeza.

¿Cómo era posible que ofreciera el trono a un hombre por el que no ocultaba su desprecio? Resultaba de lo más incongruente. Primero, le echaba en cara que había sido un mal príncipe, un adolescente rebelde que no se llevaba bien con nadie; después, le recriminaba que hubiera dejado morir a su propia hija y, por último, a pesar de lo anterior, lo intentaba convencer para que se convirtiera en rey de Mecjoria.

Era completamente increíble.

Pero, por otra parte, también le había dicho que no tenía elección. Si él no aceptaba el trono, lo ocuparía Ivan.

A Alexei le pareció una situación realmente irónica. La pobre Ria se había visto obligada a elegir entre un ser despreciable y violento y un hombre que no quería saber nada de su antiguo país y que, desde luego, carecía de los conocimientos necesarios para dirigir un país. Aunque fuera el país de su padre.

Un padre que se debía de estar revolviendo en su tumba.

Pero, al pensar en él, se acordó de otra cosa: de una conversación que habían mantenido cuando estaba a punto de morir. Alexei le contó que el día anterior había tenido una discusión con Ivan y él susurró, casi sin voz:

«Ese chico es un problema. Es muy peligroso. Vigílalo... y vigila tus espaldas cuando esté cerca. No permitas nunca que se salga con la suya».

Y, desgraciadamente, estaba a punto de salirse con la suya.

Se acercó a la ventana y miró la calle. La alta y esbelta figura de Ria surgió en ese momento en el edificio y se detuvo en el semáforo, esperando a poder cruzar. Alexei pensó nuevamente en lo sucedido y se preguntó por qué se sentía como si hubiera perdido algo importante; como si hubiera perdido una parte que, en otros tiempos, solo había podido llenar su querida y difunta Belle.

–No...

Se apartó de la ventana, confundido.

¿Realmente pensaba que Ria podía llenar ese vacío? Desde luego, no podía negar que su aparición había despertado algo en él; y tampoco podía negar que solo había una forma de aplacar las sensaciones que atormentaban su cuerpo.

Debía hacer el amor con ella.

Debía tener a la gran duquesa Honoria Escalona. Llevarla a su cama y saciarse en su piel con la esperanza de que así, después de tantos años, desaparecieran los amargos recuerdos que lo habían acompañado durante gran parte de su vida.

Pero, al expulsarla, se había negado esa posibilidad a sí mismo.

Lo que unos minutos antes le había parecido una decisión inteligente, le pareció en ese momento un paso en falso. A fin de cuentas, aquello no tenía nada que ver con la racionalidad, sino con la sensualidad, con el deseo.

Su mente le podía decir que alejarse de ella era la mejor forma de recuperar la cordura, pero su cuerpo le decía lo contrario.

Alexei no se había sentido tan inquieto desde que llegó a Inglaterra con su madre, cuando los expulsaron de Mecjoria. En cuestión de unos minutos, Ria le había devuelto a la inseguridad y el vacío que creía superados para siempre. Por supuesto, él ya no era un adolescente ni ella la niña de entonces. Pero eso complicaba las cosas, porque su vieja amiga se había convertido en una mujer a la que deseaba con toda su alma.

Se había prometido a sí mismo que olvidaría a Honoria Escalona y seguiría con su vida sin mirar atrás. Sin embargo, ya se estaba arrepintiendo de habérselo prometido, porque era obvio que no la podría olvidar.

¿Qué iba a hacer?

Tras unos segundos de duda, tomó la única decisión razonable. Se acostaría con ella. La haría suya. Pero en sus propios términos.

Capítulo 6

TIENE que haber algún error.

Ria se detuvo y miró la pista del aeropuerto, completamente desconcertada. El elegante y pequeño reactor que brillaba bajo la luz del sol no era en modo alguno el aparato que esperaba ver.

Alguien se había equivocado.

Cuando llegó al aeropuerto, se sentía más vulnerable y derrotada que nunca. Había fracasado en el intento de convencer a Alexei, lo cual significaba que su país y ella misma estaban condenados al desastre. Ya no podía hacer nada.

Pero, en cualquier caso, no esperaba que la recibiera un hombre de uniforme ni que la llevara a uno de esos reactores que usaban los ricos y famosos para viajar a sus islas privadas o algún hotel de cinco estrellas.

—Esto no tiene sentido. Creo que se están equivocando de persona —insistió ella.

—Ni mucho menos.

El hombre que habló estaba frente a ella, en lo alto de la escalerilla del reactor. Ria no lo había visto hasta entonces, pero, a pesar del ruido de la pista y del viento que se había levantado, reconoció su voz de inmediato.

Era él.

Alexei Sarova, a quien creía haber dejado atrás para siempre, en su despacho de sus oficinas de Londres.

La miró con intensidad y sonrió. Se había puesto una camisa blanca y unos vaqueros desgastados. El viento jugueteaba con su corto cabello, y a Ria le pareció más guapo y más imponente que nunca.

—No hay ningún error. He pedido que te traigan aquí.

—¿Tú? Pero... ¿por qué?

—Porque me pareció absurdo que viajaras sola y en clase turista cuando los dos nos dirigimos al mismo sitio.

—¿Qué has dicho?

Ria se preguntó si lo había entendido bien. ¿Le estaba diciendo que la iba a llevar a Mecjoria? Y, si la iba a llevar, ¿significaba eso que tenía intención de aceptar su oferta y reclamar el trono? No se lo podía creer.

—Lo que has oído. Y ahora, ¿nos vamos a quedar hablando todo el día? ¿O prefieres que subamos al avión y nos sentemos?

—Yo... —dijo, aún perpleja.

—Todo está preparado. Podemos despegar de inmediato. Pero, si esperamos demasiado, nos arriesgamos a que la torre de control dé preferencia a otro vuelo.

—No iré contigo a ninguna parte.

Él la miró con humor. Cualquiera habría dicho que, en menos de veinticuatro horas, Honoria Escalona había pasado de rogarle que viajara a Mecjoria y reclamara el trono a no dar importancia al asunto.

Pero no se dejó engañar.

—Ah, ¿ya no te parece tan importante que reclame el trono? Si no recuerdo mal, dijiste que el país podía caer en el caos. Sin embargo, si la situación no es tan urgente...

Ella se maldijo para sus adentros. No sabía cómo era posible que Alexei hubiera cambiado tan deprisa de opinión, pero era obvio que, si estaba dispuesto a ayudarla, tenía que aprovechar la oportunidad.

—¡Está bien! —exclamó, molesta.

Ria frunció el ceño, sacó fuerzas de flaqueza y subió por la escalerilla. De hecho, subió tan deprisa que estuvo a punto de llevarse a Alexei por delante.

¿Qué otra cosa podía hacer? Estaba tan preocupada que la noche anterior no había pegado ojo. Se había dedicado a dar vueltas y más vueltas a su desastroso encuentro con Alexei, pensando en las cosas que había hecho mal, en lo que no debía haber dicho y en lo que debía haber dicho y no dijo. Incluso llegó a alcanzar el teléfono en un par de ocasiones, prácticamente decidida a llamarlo e intentarlo de nuevo.

Al final, rechazó la idea de llamar porque había llegado a la conclusión de que no podía hacer nada por convencerlo. Y varias horas después, contra todo pronóstico, Alexei se presentaba en el aeropuerto con la intención de llevarla a Mecjoria y reclamar el trono.

Era increíble.

—No entiendo nada —le confesó.

Alexei no pareció dispuesto a dar explicaciones. La miró en silencio, la tomó del brazo y la llevó al interior del aparato, sin más.

Por su antigua posición social, Ria estaba más que

acostumbrada a viajar en aviones privados; había acompañado muchas veces a otros miembros de la familia real e incluso a su propio padre en sus viajes oficiales, pero ninguno de esos aviones estaba a la altura del jet de Alexei. En comparación, los otros parecían antiguos y tan conservadoramente formales como el régimen de Mecjoria.

Fue una sorpresa de lo más agradable. El interior era elegante, moderno y lujoso, con alfombras de color rojizo y mucha luz. Los sillones, de color claro, tenían un aspecto tan cómodo que apetecía sentarse en ellos.

Sin embargo, también fue una sorpresa inquietante. El hecho de que Alexei tuviera un avión como ese indicaba que no estaba hablando con un hombre simplemente poderoso, sino con un hombre inmensamente rico, que no necesitaba absolutamente nada de un diminuto e insignificante reino del Este de Europa. ¿Por qué se rebajaba entonces a reclamar el trono? ¿Solo por molestar a Ivan?

Fuera por el motivo que fuera, parecía dispuesto a apoyarla, así que se calló sus inquietudes y siguió caminando.

—Siéntate, por favor —dijo él.

Ria tomó asiento, nerviosa. Alexei estaba tan cerca de ella, y la belleza y la fuerza de su cuerpo resultaban tan abrumadoras, que le costaba respirar. Hasta se sintió aliviada cuando el piloto se preparó para despegar y los motores empezaron a rugir. Hacían tanto ruido que, durante unos momentos, tuvo la excusa perfecta para no decir nada.

Por otra parte, había conseguido lo que quería.

Alexei iba a viajar a Mecjoria. Y lo demás carecía de importancia.

—Abróchate el cinturón.

Él se sentó frente a ella y estiró sus largas piernas. Por lo visto, no tenía la menor intención de darle explicaciones sobre su cambio de actitud. Al menos, por el momento.

Alexei se giró hacia la ventanilla y se dedicó a mirar la pista. Al cabo de un par de minutos, el aparato despegó con toda la potencia de sus motores y el piloto recogió el tren de aterrizaje. Ria se aferró a los brazos del asiento, todavía asombrada con el hecho de que el destino le hubiera concedido una segunda oportunidad.

Pero, paradójicamente, su éxito solo sirvió para que se sintiera más nerviosa. ¿Había hecho bien al hablar con Alexei? ¿Tenía derecho a anteponer las necesidades de su familia y las suyas propias a todo lo demás? Su preocupación por Mecjoria era tan absolutamente sincera como su temor a que Ivan accediera al trono. Sin embargo, no estaba segura de que Alexei fuera mejor candidato.

Ria se acordaba de las historias sobre su vida en Londres, que los periódicos habían publicado con todo detalle. En cierta ocasión, lo habían fotografiado con la nariz llena de sangre y un ojo morado, como si se acabara de pelear. Aunque ninguna de esas historias era tan terrible como la de su hija. La prensa había dicho que la pequeña había muerto porque su padre la había dejado abandonada, y Alexei ni siquiera se había molestado en negarlo.

¿Habría tomado la decisión correcta? ¿Sería un buen rey para Mecjoria?

Sencillamente, no tenía forma de saberlo; pero se consoló pensando que, tanto si resultaba ser un buen rey como si no, era el heredero legítimo.

El avión alcanzó la altitud de crucero y dejó de subir, pero Ria se quedó algo mareada por el rápido ascenso y por su propia agitación interior. Sabía que ya no podía volver atrás; había tomado un camino y debía seguir adelante, pasara lo que pasara.

—¿Te apetece comer algo?

—No, gracias.

—¿Una bebida, entonces? —insistió Alexei, con la cortesía de un perfecto anfitrión.

—Un café, si es posible. Nos esperan casi cinco horas de viaje.

Alexei alzó una mano para llamar la atención de la azafata.

—Bueno, no te preocupes por eso. Estoy seguro de que no te aburrirás. Tenemos muchas cosas que hacer —dijo.

—¿Tenemos?

Alexei la miró, completamente relajado.

—Por supuesto. Según mi reloj, tienes cuatro horas para convencerme de que considere la posibilidad de reclamar el trono de Mecjoria y permita que me coronen rey.

—¿Cómo? —preguntó, asombrada—. Pero yo creía que...

—¿Sí?

—Pensaba que ya habías tomado esa decisión —contestó Ria—. Al fin y al cabo, estás aquí. Y nos dirigimos a...

—Sé adónde nos dirigimos. De hecho, he dado ins-

trucciones para que aterricemos en el aeropuerto de
la capital –Alexei le lanzó una mirada extraordinariamente seria–. Pero eso no significa que tenga intención de bajar del avión contigo.

Su tono era rotundo, implacable, carente de emoción alguna, y mirar a sus ojos, como contemplar las
aguas heladas de un lago oscuro, profundo e impene-
trable. Se había limitado a hacerle una pequeña con-
cesión; pero, por lo visto, se volvería a Londres si no
encontraba la forma de convencerlo.

–Deberíamos llegar a las cinco de la tarde, con el
horario de Mecjoria –continuó él–. Tienes hasta entonces para persuadirme de que no me marche por
donde he venido.

Ria supo que estaba hablando completamente en
serio, y se puso un poco más nerviosa. En ese momento, la azafata apareció con el café y ella buscó re-
fugio en la cálida y fragante bebida, intentando poner
en orden sus pensamientos. Había cometido un error;
había interpretado que Alexei la llevaba a Mecjoria
porque se lo había pensado mejor y quería asumir la
jefatura del Estado, pero las cosas no iban a ser tan
fáciles.

Además, el hecho de que estuviera sentada frente
al hombre más atractivo que había visto en su vida no
contribuía a calmar sus nervios. Su antiguo encapri-
chamiento infantil con el Alexei adolescente era insignificante en comparación con la atracción sexual
que sentía en esos momentos. Cada vez que él se movía, su cuerpo la traicionaba con una nueva descarga.
Estaba tan húmeda que cruzaba y descruzaba las piernas una y otra vez, incómoda.

–Ya te dije que...

Él sonrió y la interrumpió.

–Pues dímelo otra vez. Tenemos tiempo de sobra.

Alexei sentía curiosidad. Quería saber si le iba a plantear los mismos argumentos del día anterior o si iba a cambiar de estrategia. Aunque, por otra parte, la cuestión seguía siendo la misma; le había hecho una oferta que podía cambiar su vida de un modo tan radical que, en lugar de dormir, se había pasado casi toda la noche pensando e investigando la situación política de Mecjoria.

Contrariamente a lo que le había dicho a Ria, estaba bastante bien informado sobre la situación del país. La investigación nocturna confirmó las palabras de su antigua amiga, pero sirvió para que descubriera una cosa que ella se había callado, un elemento tan importante como sorprendente para él.

Algo que lo cambiaba todo.

¿Por qué no le habría contado toda la verdad? ¿Por qué se lo había ocultado? ¿Qué ganaba con ello?

Ria cambió de posición; cruzó las piernas de nuevo y los sentidos de Alexei se despertaron al instante. Su cercanía lo estaba volviendo loco. Había cometido el error de besarla y de acariciar sus curvas y ahora no podía compartir el mismo espacio con ella sin que le hirviera la sangre en las venas. Pero, de momento, sería mejor que olvidara sus apetitos sexuales y se lo tomara con calma.

Tenía a Ria donde quería. Antes de dar el siguiente paso, se encargaría de que comprendiera que estaba en sus manos. Eso aumentaría el placer de vengarse de la familia que los había exiliado a su madre y a él.

–Convénceme –insistió.

Como no tenía más alternativa, Ria le volvió a presentar sus argumentos. Se lo dijo todo; salvo lo relacionado con sus intereses personales, porque estaba segura de que solo podían jugar en su contra. Era consciente de que Alexei odiaba a su familia y de que no haría nada que la pudiera beneficiar.

Hora y media después, dejó de hablar, respiró hondo y alcanzó el vaso de agua que había sustituido a su café anterior. Después, dio un trago y miró al hombre que estaba frente a ella, esperando una respuesta.

Pasaron varios segundos de incómodo silencio. Los que Alexei necesitó para alcanzar su propio vaso de agua, sin dejar de mirar a Ria, y beber.

–Muy interesante –dijo al fin–. Pero sospecho que la situación no es tan sencilla como parece a simple vista. Necesito saber algo más.

Ella asintió.

–Pregunta lo que sea y te contestaré.

–¿Lo que sea? –preguntó Alexei, con expresión desafiante.

–Sí, eso he dicho.

–Entonces, háblame de tu matrimonio.

–¿De mi matrimonio?

A Ria se le hizo un nudo en la garganta. De repente, tuvo la sensación de que el mundo se derrumbaba a su alrededor.

–Sí, del matrimonio que tu padre ha concertado. Individualmente, tengo más derecho que nadie a reclamar el trono de Mecjoria. Nadie está por encima de mí. Si quiero reclamar el trono, por supuesto.

Ria se estremeció. Una vez más, Alexei dejaba caer

la insinuación de que podía rechazar el trono y dejarla en la estacada. Pero eso no le preocupó tanto como la sospecha de que estaba informado de todo y de que lo había estado desde el principio; de que había estado jugando con ella al gato y el ratón.

–Pero has olvidado mencionar que Ivan y yo no somos los únicos con derecho a reclamar el trono de Mecjoria –prosiguió él.

Alexei dejó su vaso de agua en la mesa, con deliberada lentitud. Después, se levantó del asiento y la obligó a alzar la cabeza para mirarla a los ojos. Estaba tan imponente que Ria se quedó sin aire.

–Has olvidado decir que Ivan y tú tenéis una relación muy particular en lo relativo a ese aspecto. Por sí mismo, no tendría ninguna oportunidad ante mí; a fin de cuentas, yo estoy por encima en la línea de sucesión, pero, si se casa contigo, su candidatura al trono sería prácticamente imbatible.

Ria notó que se había quedado pálida como la nieve. Y supo que esa misma palidez confirmaba las palabras de Alexei.

–¡Yo no me voy a casar con él!

Él le lanzó una mirada cargada de escepticismo.

–¿Insinúas que lo que he dicho no es cierto? ¿Me estás diciendo que Ivan puede acceder al trono sin tu ayuda, por sus propios medios? ¿Que no necesitas que libere a tu padre y os devuelva la fortuna que os ha confiscado?

Ella tragó saliva, nerviosa.

–No, yo...

Ria no le había contado toda la verdad, pero tampoco le había mentido. La perspectiva de que la condenaran a vivir con Ivan le resultaba odiosa. Habría dado cualquier cosa por recuperar su libertad, el control de su propia vida. Y, si no conseguía el apoyo de Alexei, sus últimas esperanzas saltarían por los aires.

–Estoy esperando una respuesta, Ria.

–Es verdad. Todo lo que has dicho es cierto. Si me casara con él, el trono de Mecjoria sería suyo –admitió.

–¿Si te casaras con él? Discúlpame, pero tengo entendido que ya se ha firmado el acuerdo matrimonial.

Ria no pudo negarlo. El acuerdo había sido cosa de su padre, que lo había redactado y firmado sin pedirle permiso ni informarle siquiera. Había jugado con ella como si fuera un vulgar peón de ajedrez.

–¿Cómo lo has sabido?

Lo preguntó con verdadero interés, porque la afirmación de Alexei la había dejado atónita. Ni ella misma lo había sabido hasta unos días antes.

–Tengo mis fuentes –se limitó a contestar.

Alexei había llamado a sus contactos para averiguar qué se escondía exactamente tras la pretensión de Ria de que volviera a Mecjoria. Estaba seguro de que le ocultaba algo, pero jamás lo habría adivinado.

Desde que sabía la verdad, no había pensado en otra cosa. Aquello lo cambiaba todo. Había creído que Ria le había dado el documento y le había ofrecido el trono porque esperaba que sacara a su padre de la cárcel y le devolviera la fortuna que habían confiscado a su familia. Pero el descubrimiento del matrimonio concertado con Ivan Kolosky complicaba las cosas. Y no entendía nada. ¿Por qué lo habría guardado en secreto?

Además, tampoco parecía lógico que rechazara el matrimonio con Ivan. Si se casaba con él, tendría todo lo que pudiera desear y se convertiría en reina de Mecjoria, es decir, lo que Gregor Escalona había pretendido desde el principio. Por eso se había encargado de que Honoria llevara una vida perfecta y socialmente intachable; por eso había cuestionado la legitimidad del matrimonio de sus padres.

Sin embargo, seguía sin entender la actitud de Ria. ¿Por qué no se lo había dicho? Aparentemente, no tenía ni pies ni cabeza.

Durante la noche anterior, Alexei se había repetido una y mil veces que por fin había encontrado la forma de vengarse por lo que les habían hecho a su madre y a él, al dejarlos sin dinero y expulsarlos del país. Se había convencido a sí mismo de que esa era la única razón por la que le interesaba la oferta de Ria.

Pero las cosas habían cambiado. Ahora podía tener más, mucho más. Y vengarse de ellos al mismo tiempo.

—¿Qué te parece si empiezas por contarme toda la verdad, Ria?

Ella le lanzó una mirada trémula, que solo sirvió para reforzar su decisión de llegar al fondo de aquel asunto. Se había presentado en el aeropuerto para concederle una segunda oportunidad y escuchar la historia de sus propios labios; pero su concentración estalló en mil pedazos en cuanto vio la coleta en la que se había recogido su cabello rubio, la elegancia de sus rasgos y el destello de sus ojos.

Estaba fascinado con ella. Le gustaban sus pendientes de plata, sus manos finas, la forma en que se curvaban sus suaves y sonrosados labios cuando quería enfatizar alguna cosa. Le gustaba todo de ella. Se veía obligado a hacer verdaderos esfuerzos para conservar la calma y no asaltar su boca. A pesar de sus muchos y antiguos desencuentros, la deseaba más de lo que había deseado a nadie.

Sin embargo, en esos momentos tenía algo más importante en lo que pensar. No le había dicho nada de su primo, y necesitaba respuestas. Sobre todo, porque no soportaba la idea de que Ria estuviera con otro hombre, y, mucho menos, si ese hombre era Ivan.

—Sinceramente, no te entiendo —continuó hablando—. ¿Por qué fuiste a verme? ¿Por qué me has ofrecido el trono de Mecjoria? Todo sería más fácil para ti si te casaras con Ivan. Te convertirías en reina.

—Puede que mi padre quiera eso, pero yo no.

Él la miró con interés.

—¿No quieres ser reina?

—¿Y tú? ¿Quieres ser rey? —replicó ella con ironía.

Alexei hizo caso omiso de sus palabras.

—¿Cómo supiste que Gregor pretendía casarte con él?

Por la expresión de Ria, Alexei supo que no era una pregunta que le apeteciera contestar. Pero no estaba dispuesto a dar su brazo a torcer.

—¿Cómo lo supiste? —repitió, implacable.

Ella alzó la barbilla con orgullo.

—Mi padre tenía el acuerdo matrimonial en su caja fuerte. Ha estado allí todo el tiempo, pero yo lo descubrí por casualidad. Cuando lo encarcelaron, mi madre me pidió que abriera la caja fuerte por si contenía algún documento que le pudiera ser de ayuda. Encontré el acuerdo y el documento que te entregué.

–¿Me estás diciendo que no sabías nada?

Ria sacudió la cabeza.

–Nada de nada –respondió con amargura.

Alexei, que decidió concederle el beneficio de la duda, guardó silencio y esperó a que continuara con su explicación.

–Como ya sabes, los matrimonios concertados son tan comunes entre la aristocracia de Mecjoria que nadie espera casarse por amor. Yo tampoco lo esperaba, pero desconocía los planes de mi padre –afirmó–. De todas formas, lo único que me importa en este momento es mi país. No exageraba cuando te dije que se encuentra al borde del caos. Alguien tiene que asumir el trono; y, si no eres tú, será Ivan.

–Pero ni tú ni yo queremos que Ivan sea rey.

–No. Porque tú y yo sabemos que eso sería un desastre.

Alexei la miró con detenimiento. Ahora sabía que Ria se había dirigido a él porque estaba entre la espada y la pared. No le había ofrecido el trono porque hubiera encontrado un documento que demostraba la legitimidad de la boda de sus padres y, en consecuencia, su propia legitimidad, sino porque lo necesitaba. Si no le daba su apoyo, se vería obligada a casarse con Ivan. Y no estaba dispuesta a sacrificarse tanto por su propio país.

–Entonces, ¿harás lo que te pido? ¿Aceptarás el trono?

Ria lo miró esperanzada, y él la maldijo para sus adentros. Evidentemente, creía que se iba a salir con la suya, que había encontrado la forma de salvar la situación sin tener que casarse con aquel canalla.

Alexei se sintió profundamente manipulado. Ria le había ocultado información a propósito, y solo le había dicho la verdad cuando no le quedó más remedio. Pero la deseaba de todas formas y, por otra parte, había demostrado ser tan astuta que estaba convencido de que sería una buena reina.

–Bueno, es posible que me deje convencer –respondió.

La sonrisa que apareció en los labios de Ria estuvo a punto de destrozar la forzada contención de Alexei, a quien le faltó poco para perder los estribos. La gran duquesa creía haber ganado la partida, y se arriesgaba demasiado. No podía saber que él conocía todos sus secretos, y que tenía intención de utilizarlos cuando le pareciera mejor.

Pero Alexei sabía esperar. Prefería disfrutar de los placeres poco a poco, lentamente. Así, resultaba más entretenido.

–¿Lo dices en serio? –preguntó ella.

–Desde luego que sí –respondió él, mirándola a los ojos–. Haré lo que me pides. Pero con determinadas condiciones.

Capítulo 7

RIA lo miró con espanto.

–¿Condiciones? ¿Qué tipo de condiciones?

–Las que tú y yo acordemos. Tenemos que hacer planes para nuestro futuro.

–Pero si nosotros no tenemos futuro...

A Alexei le pareció divertida la situación. Por la expresión de la cara de Ria, supo que habría negado una y mil veces que se sintiera atraída por él. Pero sus ojos decían algo bien distinto. Estaba atrapada entre un deseo que no quería admitir y un orgullo que le exigía rechazarlo.

–¿Tú crees? –ironizó.

Ria apartó la vista y dijo, derrotada:

–¿En qué condiciones estás pensando?

Alexei sonrió, inmensamente satisfecho. Al parecer, su vieja amiga ya había adivinado lo que le iba a decir.

–Seré rey –respondió–. Pero lo seré en las mismas condiciones en que lo sería Ivan si accediera al trono.

Ria tragó saliva. Alexei estaba en lo cierto al suponer que ya se había imaginado sus intenciones, pero la confirmación verbal del hecho la dejó helada. Le temblaron los labios de un modo tan encantador que él ardió en deseos de besárselos.

–Esas condiciones solo eran para Ivan...

–En cualquier caso, ahora son mis condiciones. Lo tomas o lo dejas, tú veras. Pero, si prefieres casarte con él, te deseo lo mejor.

–¿Y el país? ¿Serías capaz de marcharte después de lo que sabes? –preguntó ella, asombrada por su aparente desinterés–. ¿Es que no te importa Mecjoria? Si no te conviertes en rey, Ivan nos arrastrará a una guerra civil.

Alexei se acordó de la advertencia que le había hecho su padre, en su lecho de muerte, sobre Ivan Kolosky. Quizás había llegado el momento de renunciar a su dolor y a su ira, que tantos problemas le había causado. Belle había muerto por culpa de eso, y se sentía terriblemente culpable.

¿Se iba a comportar otra vez del mismo modo? ¿Dejaría que la rabia lo dominara hasta el extremo de abandonar a una nación entera, a cientos de miles de personas como a su difunta y querida Belle?

Lo de su hija había sido una desgracia, cosas que pasaban; pero, en ese caso, sería una decisión a sangre fría.

–Hay una forma de evitar esa guerra civil y, al mismo tiempo, de impedir que Ivan llegue al trono. Te aseguro que a mí tampoco me agrada la idea de que gobierne Mecjoria.

A Ria no le sorprendió la respuesta de Alexei; al fin y al cabo, sabía que Ivan y él se odiaban desde la época en que todos vivían en la corte, en tiempos del rey Leopold. Ivan se burlaba de Alexei todo el tiempo, y no perdía la oportunidad de hablar mal de su madre. Pero ¿estaría dispuesto a trabajar con ella por el bienestar del país?

Ria lo estaba deseando. Entre otras cosas, porque había echado de menos a su antiguo amigo. Y porque su antiguo amigo se había transformado en un hombre extraordinariamente sexy.

–En ese caso, dime tus condiciones.

–Ya te las he dicho. Aceptaré el trono en los mismos términos que se le ofrecieron a Ivan, en los términos que firmó tu padre.

Ella se quedó boquiabierta. Jamás se habría imaginado que Alexei fuera tan manipulador y artero como el propio Gregor. Sin darse cuenta, se había dejado llevar a una trampa. Y no tenía forma de escapar.

–Quiero el matrimonio –continuó él.

Ria sacudió la cabeza.

–¿Te quieres casar conmigo?

–En efecto.

–¿Así como así? No, no... ¡No me casaré! ¡De ninguna manera!

Él sonrió con ironía.

–Oh, no me digas que no te lo esperabas. ¿Es que te agrada más la perspectiva de casarte con Ivan?

–¡No me agrada en absoluto!

–¿Entonces?

Ria intentó decir algo, pero se había quedado sin palabras. Por una parte, no podía negar que detestaba la idea de casarse con su primo; por otra, la oferta de Alexei resultaba extrañamente amarga.

En otros tiempos, habría dado cualquier cosa por estar con él, por estar entre sus brazos, por compartir sus días y sus noches. Desgraciadamente, su proposición de matrimonio era tan fría y cruel que le partió el corazón. Ni siquiera podía mirarlo a los ojos. El destino se estaba burlando de ella de la peor manera posible; estaba a punto de darle lo que siempre había deseado, pero sin amor, sin afecto alguno, por simple interés político.

—No, Alexei —acertó a decir—. Eso no es posible.

—¿Por qué no? Ya has admitido que ni tú ni yo queremos que Ivan llegue al trono. Si firmamos un acuerdo, pondremos coto a sus ambiciones y aseguraremos la estabilidad del país. Además, soy el primero en la línea de sucesión... nadie podrá negar mis derechos. Y en cuanto a ti, serías una reina excelente. Tu padre se aseguró de que tuvieras la experiencia y los conocimientos necesarios.

—¡No te llevé ese documento porque quisiera ser reina, sino porque tú deberías ser el rey! —afirmó Ria.

—Y porque no te quieres casar con Ivan —puntualizó Alexei.

Ella no lo pudo negar.

—Puede que mi padre tenga delirios de grandeza, pero yo no soy como él. Ofrecerte el trono a ti no es lo mismo que casarme con un hombre al que apenas conozco.

—Vamos, Ria. Si no te casas conmigo, te casarás con Ivan. Tú misma has dicho que los matrimonios concertados son normales entre la aristocracia de Mecjoria, y que nadie espera casarse por amor.

—No, nadie lo espera, pero se puede soñar con él.

—Piénsalo con detenimiento, por favor. Lo que te estoy ofreciendo no es sino una simple permuta; en lugar de casarte con un hombre, te casarás con otro —alegó él—. ¿Te mostrarías más predispuesta si dejo en libertad a tu padre?

Ria arqueó las cejas.

—¿Serías capaz?

—Por mi reina, sí. Lo sacaría de la cárcel.

—Oh...

—Pero no te preocupes, no espero que te cases conmigo de inmediato. Esperaremos a que se celebre la ceremonia de mi proclamación.

Ria no salía de su asombro; Alexei hablaba como si le estuviera haciendo un inmenso favor; y seguramente estaba convencido de que se lo estaba haciendo. Pero, de todas formas, la fría e implacable expresión de su cara eliminaba cualquier duda sobre sus intenciones. Le había dado un ultimátum. Si no aceptaba el matrimonio, se marcharía.

—¿Y crees que me voy a sentir mejor por eso? —dijo, enrabietada—. ¿Esperas acaso que te dé las gracias?

Él sacudió la cabeza.

—No. Ni yo te voy a dar las gracias a ti por aceptar mi oferta.

—¡Todavía no he dicho que la vaya a aceptar!

—Pero la aceptarás —declaró Alexei, tajante—. Por mucho que te disguste, es obvio que tienes más cosas en común conmigo que con Ivan.

—Yo...

Ria no supo cómo había conseguido estar sentada tanto tiempo y en tales circunstancias, pero supo que ya no podía seguir así. Se levantó del asiento y se apartó de él, de su opresiva cercanía, del peligroso calor de su cuerpo y del aroma que la embriagaba a su pesar. Si hubiera sido posible, se habría ido a un kilómetro de distancia, pero estaban en un avión y no tenía adónde huir ni dónde esconderse.

–¡Siéntate! –ordenó él.

Ria, que le estaba dando la espalda, hizo un esfuerzo. Se dio la vuelta y lo miró fijamente, con orgullo.

–¿Qué ha sido eso, Alexei? ¿Me vas a tratar así cuando estemos casados? ¿Estás practicando para ser rey?

Él le dedicó una sonrisa tan sarcástica y fría que la dejó sin fuerzas. Justo entonces, el avión se movió y Ria estuvo a punto de perder el equilibrio, pero se agarró al respaldo del sillón y se mantuvo firme.

–Bueno, supongo que necesito practicar –dijo con humor–. Al fin y al cabo, no soy más que un despreciable pobretón, recién salido de la calle, y sin títulos nobiliarios.

–¡Yo nunca he dicho eso de ti! Son palabras de Ivan, no mías –se defendió ella.

–De Ivan... el hombre que podría ser tu marido.

Ria guardó silencio.

–¿Sabes una cosa? Estoy pensando que nuestro matrimonio tendría otra consecuencia positiva para ti.

–¿Cuál?

–Soy un hombre poderoso. Tendrías tanto dinero como quisieras.

Ria abrió la boca para decir que tampoco estaba interesada en el dinero, pero él la miró de tal manera que no se atrevió a hablar.

–Y, por tu parte, podrías ser la influencia civilizada que necesito. Me podrías enseñar los procedimientos de la corte... la etiqueta necesaria para ser rey.

Por su forma de decirlo, Ria estuvo a punto de creer

que hablaba en serio. ¿Se sentiría inseguro ante la perspectiva de ser rey? ¿Estaba admitiendo que necesitaba ayuda? La idea le pareció tan estrafalaria que la desestimó.

—Tú creciste en la corte. Viviste unos cuantos años en ella —le recordó—. Estoy segura de que aprenderías...

—Lo básico, sí. Pero lo he olvidado casi todo. Ten en cuenta que no es precisamente útil para la vida que llevo. Sin mencionar el hecho de que, como bien dice tu padre, siempre me faltó elegancia y cultura —dijo con sorna—. Pero qué se le va a hacer, ¿verdad? Mi sangre no es lo suficientemente azul.

—Bueno, seguro que te las arreglarás bien sin mi ayuda.

—Sí, me las arreglaría, pero prefiero tenerte a mi lado como mi compañera y consorte; como mi esposa.

Ella sacudió la cabeza.

—No me voy a casar contigo.

El avión volvió a moverse al pasar por otra turbulencia, y Ria trastabilló. Si hubiera oído el sonido de sus sueños al estrellarse contra el suelo y romperse en mil pedazos, no le habría extrañado.

—Por supuesto que te casarás conmigo.

—No me puedes obligar, Alexei.

Él se encogió de hombros.

—No necesito obligarte. Te has obligado tú misma, por tus propios medios.

Ria lo miró con sorpresa al ver que su frialdad desaparecía por completo y que se sentaba en el sillón tan tranquilo, como si no pasara nada.

–Veamos... ¿por dónde empezar? Ah, sí –dijo–. Las minas de eruminium.

Ria supo lo que iba a pasar a continuación, pero no le hizo sentirse mejor cuando él alzó una mano y empezó a enumerar, uno por uno, todos los argumentos que ella le había dado para convencerlo de que aceptara el trono, desde evitar el caos social a impedir que Ivan fuera rey. Sin embargo, esa vez no jugaban a favor de sus intereses, sino en su contra. Se los recordó para hacerle ver que se había quedado sin opciones.

Solo podía hacer una cosa: aceptar su oferta de matrimonio. Además, Alexei le había prometido que sacaría a su padre de la cárcel, y era un argumento de peso. Ria sabía que su madre se volvería loca o sufriría un infarto si Gregor permanecía en prisión.

Estaba definitivamente atrapada. Podía elegir entre casarse con un hombre que le daba miedo y que detestaba con toda su alma o con un hombre que, a pesar de haber sido amigo suyo, le ofrecía un matrimonio sin amor, un matrimonio a sangre fría, sin corazón, un matrimonio de sueños destrozados.

–¿Quieres que siga? –preguntó él.

Ella sacudió la cabeza.

–No, no te molestes. Ya me imagino el resto.

No tenía otra salida. Alexei la había atrapado con sus propias argumentaciones, en su propia trampa.

–Excelente. Me alegra que nos entendamos.

Ria guardó silencio.

–Por cierto, te he dicho que te sientes –le recordó él.

Ella lo miró con furia.

–¡No me des órdenes! ¡No tienes ningún derecho!

–Por supuesto que lo tengo –dijo Alexei con tranquilidad–. Quieres que sea rey, ¿no? Entonces, me tendré que comportar como un rey.

–Todavía no lo eres.

–Puede que no, pero nos estamos acercando a Mecjoria.

Alexei señaló una de las ventanillas del aparato. El avión ya no estaba sobrevolando el mar; seguía la línea de la costa, en dirección a unas montañas.

–Llegaremos en cualquier momento –siguió él–. Por eso te he pedido que te sientes. Tienes que abrocharte el cinturón.

Ria se mordió la lengua. Se sabía derrotada, de modo que se sentó en su asiento y se puso el cinturón de seguridad.

–¿Sabes una cosa, Alexei?

–¿Qué?

–Antes, me he equivocado contigo. No tienes que practicar nada; tienes una vena dictatorial absolutamente perfecta para el cargo de rey. No necesitas que nadie te ayude con las convenciones de la corte.

La réplica de Alexei fue irritantemente tranquila.

–Puede que no. Pero sabes tan bien como yo que, si queremos llevar la paz al país y asegurar un futuro más o menos estable, necesitamos que la persona que ocupe el trono sea absolutamente indiscutible.

–¿Adónde quieres llegar con eso?

–A que Mecjoria me rechazó una vez, y es posible que me vuelva a rechazar. A no ser que tú estés a mi lado, como mi reina. La gente te respeta, Ria. Tienes un poder que yo no tengo, pero debes decidir si quieres que ese poder desequilibre la balanza a favor de Ivan o a favor mío –declaró.

Ella pensó que no tenía ninguna elección. Su plan original tenía precisamente el objetivo de impedir que Ivan se hiciera con la corona de Mecjoria. Y lo había conseguido, pero al precio de colocarse a sí misma en una situación muy difícil. La única forma de librarse de Ivan era casarse con Alexei.

Una vez más, había saltado de la sartén al fuego.

Ria seguía dando vueltas a su extraña situación cuando el aparato se inclinó y cambió de rumbo. Era evidente que el piloto estaba iniciando las maniobras de aproximación al aeropuerto, y que el avión aterrizaría poco después.

En ese momento, se acordó de lo que Alexei le había dicho al principio del viaje, cuando puntualizó que el hecho de que la llevara a Mecjoria no implicaba necesariamente que estuviera dispuesto a reclamar el trono.

Pero las cosas habían cambiado mucho desde entonces, y no sabía qué hacer. ¿Se debía casar con Ivan o con su antiguo amigo? Desde el punto de vista del interés del país, no tenía ninguna duda; Alexei sería un rey incomparablemente mejor. Sin embargo, la política de Mecjoria ya no le preocupaba tanto como su propia situación personal.

Si se casaba con Ivan, se condenaría a estar con una persona a la que odiaba. Si se casaba con Alexei, corría el peligro de echarse en brazos de un hombre que tenía mucho poder sobre ella, por la simple y pura razón de que lo deseaba. No había olvidado lo sucedido la noche anterior, lo que había sentido cuando la besó.

Se intentó consolar con la idea de que, al menos desde ese punto de vista, su matrimonio no sería una farsa. Quizá no se quisieran, pero era indudable que se deseaban.

—Solo puedo tomar una decisión –dijo de repente–. Sabes que no puedo permitir que Ivan se corone rey. Sería desastroso para el país.

Él arqueó una ceja.

—¿Y estás segura de que yo no seré desastroso?

Ria lo miró a los ojos e intentó encontrar una respuesta a su pregunta, pero no la encontró. Sabía muchas cosas sobre las malas artes de Ivan, pero muy poco sobre las virtudes o defectos de Alexei Sarova.

—¿Para mí? ¿O para el país? –contraatacó.

—Me extraña que preguntes eso, Ria. Pensaba que esto no era un asunto personal, que me ofreciste la corona de Mecjoria por el bien de la población.

—Eso es cierto. No es un asunto personal.

—En ese caso, deja de mirarme como si te estuvieran a punto de cortar la cabeza –comentó él con humor–. No soy un monstruo. Ni siquiera espero que te cases conmigo en cuanto aterricemos. De momento, solo te pido que estés a mi lado en calidad de prometida... Pero tienes que hacer una buena interpretación. La gente adora las historias románticas. Tienen que creer que estamos enamorados.

Ria se estremeció. De repente, tenía frío.

El avión se sacudió con violencia, entre un chirrido que, evidentemente, era el de los neumáticos del tren de aterrizaje. Por fin habían llegado a su destino. Acababan de tomar tierra en el reino de Mecjoria.

Ria miró por la ventanilla y admiró las montañas,

cuyas cumbres estaban cubiertas de nieve. El paisaje no podía ser más familiar para ella. Estaba en su casa. Era su casa. Pero, a pesar de que solo habían pasado unos días desde que se marchó a ver a Alexei, tuvo la sensación de que habían pasado varios años.

Todo parecía distinto.

Había viajado a Londres con la intención de convencer a Alexei para que aceptara el trono, librando al país de Ivan y a ella, del matrimonio que había concertado Gregor a sus espaldas. Si todo hubiera salido bien, se habría apartado del mundo de la política y habría llevado una vida tranquila. Eso era lo que realmente deseaba. Pero todo había salido mal, y ahora iba a estar en el centro del conflicto.

En el centro y en compañía de Alexei.

Se llevó las manos al cinturón de seguridad y se lo intentó quitar, porque se sentía más atrapada que nunca. Pero no lo consiguió. Estaba demasiado nerviosa.

Había acudido a su antiguo amigo con la esperanza de que la librara de una de las muchas maquinaciones de su padre, un verdadero manipulador; pero, por lo visto, Alexei era tan manipulador como el propio Gregor.

Hiciera lo que hiciera, no saldría indemne de aquel asunto. Solo podía elegir con qué fuego se quería quemar.

Capítulo 8

NDA, déjame.

Alexei, que ya se había quitado el cinturón, se levantó para ayudarla a quitarse el suyo. Cuando inclinó la cabeza, le rozó la mejilla con su sedoso cabello negro y le causó un estremecimiento de placer. Captó el cítrico aroma de su champú y el limpio y varonil de su cuerpo. Hasta se fijó en la sombra oscura de su barba, que empezaba a crecer porque no se había afeitado.

Se sintió tan abrumada que se echó hacia atrás y apretó los puños para resistirse a la tentación de acariciarle el rostro, de sentir el contraste entre la barba y el resto de su piel. De repente, tenía mucho calor; un calor que empezaba en un punto situado entre sus piernas, no muy por debajo del cinturón de seguridad que acababa de quitarle.

Inquieta, se preguntó si esas sensaciones facilitarían su futuro con él o, por el contrario, lo harían más inadmisible. No encontró una respuesta; en parte, porque se había excitado tanto que no podía pensar.

Pero en ese momento estaba más preocupada por la debilidad de sus piernas, directamente relacionada con la cercanía física de Alexei. Tuvo miedo de que no soportaran su peso cuando se levantara, y como no quería que él se diera cuenta del efecto que le había causado, fingió que estaba nerviosa por otra razón.

–No sé si sabré interpretar ese papel, ni siquiera sé cómo se hace. ¿Cómo se comporta una prometida enamorada?

–¿Necesitas que te lo diga? –preguntó él, sorprendido.

Alexei le puso las manos en la cintura y la levantó del asiento con tanta rapidez que ella terminó con los senos apretados contra su duro pecho, lo cual causó un cortocircuito en su ya inestable sistema nervioso.

–¡Por supuesto que sí! –respondió, alterada por lo que estaba sintiendo–. Ni soy tu prometida ni estoy enamorada de ti. Entre nosotros no hay nada.

Él se rio.

–¿Que no hay nada?

–¡Nada en absoluto! –insistió ella.

–Bueno, si tú crees que esto no es nada...

De improviso, Alexei bajó la cabeza y asaltó su boca con un beso. Lejos de resistirse, Ria se dejó llevar.

Fue un beso frío y cruel, más parecido a un castigo que a una demostración de deseo. Pero a Ria no le importó. No podía pensar. Solo podía sentir. Anhelaba sus atenciones y ansiaba mucho más que un breve contacto. De hecho, le habría pasado los brazos alrededor del cuello y se habría entregado a él con toda su pasión si él no la hubiera mantenido a cierta distancia, decidido a no perder el control.

Sin embargo, Ria no era mujer que se dejara controlar con tanta facilidad. Lo abrazó con fuerza y frotó el cuerpo contra la dura erección de Alexei.

Cuando él rompió el contacto, ella se sintió como si le hubieran dado una bofetada. Estuvo a punto de susurrar su nombre en un gesto de protesta y de súplica, pero se refrenó, orgullosa.

—¿Necesitas más pruebas, Ria?

Ella no dijo nada.

—Has dicho que no sabrías interpretar el papel, pero a mí me parece que lo interpretas a las mil maravillas. Creo que lo nuestro funcionará bastante bien.

Alexei alzó una mano y le acarició la mejilla. Ria no pudo hacer nada salvo mirarlo a los ojos, atrapada aún en el hechizo.

—Y, si quieres, podemos hacer el amor.

Las palabras de Alexei la devolvieron a la realidad de inmediato.

—¡No!

Él hizo caso omiso de su negativa.

—Me deseas tanto como yo a ti.

—¡No quiero hacer el amor contigo!

—Oh, vamos... Te gusto, te gusto mucho. Sabes tan bien como yo que, si estuviéramos en un lugar más íntimo, las cosas podrían llegar mucho más lejos.

Alexei la volvió a acariciar.

—Pero no te preocupes tanto, Ria. Sinceramente, creo que es mejor que refrenemos nuestros impulsos durante una temporada, porque podríamos terminar en algo de lo que tal vez nos arrepentiríamos.

—¡Ya hemos hecho algo de lo que yo me arrepiento! —bramó ella—. ¡Algo que preferiría que no hubiera pasado!

Ria se sorprendió del sonido de su propia voz. ¿Había sonado tan agudo porque estaba mintiendo miserablemente? ¿O porque seguía tan excitada que se sentía a merced de las emociones?

—¿En serio? En ese caso, tampoco querrás esto...

Ella supo lo que iba a pasar, y la parte de su mente que aún estaba activa le recomendó que diera un paso atrás y se apartara, pero no hizo caso del consejo. Observó el cambio repentino de los ojos de Alexei, que se oscurecieron un poco, y entreabrió los labios para recibir un segundo beso.

Un beso que sería completamente distinto del anterior. Un beso ardiente, que deseaba con toda su alma.

Esa vez, obtuvo lo que quería. Alexei jugueteó con sus labios, tentándola y avivando su pasión, antes de invadir su boca. Su fresco y masculino sabor tuvo el efecto de un afrodisiaco, tan intenso como adictivo.

Ella se apretó contra él, dominada por la pulsión que surgía de entre sus piernas, y, cuando Alexei la abrazó un segundo más tarde, se supo perdida. El calor y el olor de su cuerpo la embriagaban demasiado.

Fue el beso que siempre había querido, el beso de sus sueños, el que había estado esperando toda la vida. El beso que se imaginaba todas las noches cuando dejó de ser una niña y descubrió el mundo de la sexualidad.

Un beso que hizo que se sintiera mujer. Pero no una mujer en cualquier situación, sino con el hombre al que deseaba.

Con el hombre del que seguía enamorada.

Cuando se dio cuenta de lo que estaba pensando, Ria se asustó.

No podía ser. ¿De dónde había salido ese pensamiento? ¿Cómo había permitido que una idea tan absurda, tan terrible y tan peligrosa se filtrara en su mente?

¿Tan débil era que no podía controlar las fantasías preadolescentes de una época que casi había olvidado? Fantasías que ni siquiera tenían una parte de realidad, porque Alexei le llevaba varios años y no se interesaba por ella en ese sentido.

Sin embargo, eso no había evitado que soñara con él; ni cambiaba el hecho de que ahora, convertida ya en una mujer adulta, lo deseara.

Alexei tenía razón; la podía tomar cuando quisiera, seguro de que ella no se resistiría a sus caricias, a sus besos, a su sensualidad. Pero Ria, que nunca había sentido algo así, pensó que su falta de experiencia sexual le estaba jugando una mala pasada. Seguramente, había caído en la trampa juvenil de confundir el deseo con el amor.

—No —dijo él de repente, como notando su reticencia—. No podemos seguir así. Ahora no. Es demasiado pronto.

A Ria le sorprendió el cálido sonido de su voz, pero le sorprendió todavía más que, acto seguido, después de abandonar su boca, le diera un beso casi cariñoso en la mejilla. Un beso tranquilizador, de hombre experimentado en esas lides. Un beso de un hombre que se sabía capaz de conseguir de ella lo que quisiera y cuando quisiera, razón por la cual se podía permitir el lujo de esperar un poco.

—Tenemos demasiadas cosas que hacer —continuó—. Además, veo que nos espera un comité de recepción.

–¿Cómo?

Ria se apartó de él y se inclinó sobre la ventanilla.

–Oh, Dios mío...

Alguien había llamado por radio y había informado a las autoridades de su llegada; pero era evidente que esa persona había hecho algo más que informar sobre el inminente aterrizaje del avión privado de Alexei: les había dicho que Alexei Joachim Sarova, príncipe heredero y futuro rey, había regresado al país con la intención de ascender al trono.

La pista estaba llena de elegantes vehículos oficiales de color negro, con las ventanillas tintadas y a prueba de balas. El primero de los coches llevaba dos banderolas de Mecjoria, y hasta se habían molestado en extender una alfombra roja que llegaba a la escalerilla del avión, donde la azafata estaba a punto de abrir la portezuela.

–Ya estamos aquí –dijo Alexei–. Ya he llegado. Justo lo que querías.

Ria pensó que estaba en lo cierto y se maldijo una vez más, en silencio. Se disponía a reclamar el trono, aparentemente convencido de que ella ya había aceptado sus condiciones.

Pero ¿por qué no iba a estar convencido? Era lógico que lo estuviera. Al fin y al cabo, ¿no le había demostrado que lo deseaba? La respuesta física a sus besos era mucho más explícita que cualquier palabra. Y, por otra parte, no le quedaba más remedio que aceptar su oferta de matrimonio. Si quería que fuera rey de Mecjoria, tendría que convertirse en su esposa y en su reina.

Ella se apartó de la ventanilla y Alexei la miró a los ojos.

–No te preocupes, Ria; saldrá bien –dijo con seriedad–. Si estamos juntos, podremos hacer grandes cosas por este país.

Alexei debió de reconocer algo en la cara de Ria,
porque su expresión se volvió sombría y triste cuando
añadió, tras unos momentos de silencio:

–Tenías razón cuando dijiste que nadie espera que
los miembros de la familia real se casen por amor. De
hecho, no es amor lo que te ofrezco. No te puedo
amar. Amé una vez a una persona, y la perdí.

Mariette.

Ria supo que se refería a la belleza de cabello oscuro que le había dado a su hija; la belleza que se había derrumbado tras el fallecimiento de la niña, que
había terminado en un hospital psiquiátrico y se había
negado a volver a ver a Alexei.

–No creo que me pueda enamorar de otra persona
–siguió diciendo él–, pero serás mi reina y mi igual.
Y sé que serás una gran reina. ¿Cómo podrías no serlo?
Tu padre te formó para el cargo desde tu infancia.

Alexei debió de creer que la mención de Gregor la
haría reaccionar, porque se la quedó mirando durante
unos segundos. Luego, le volvió a acariciar la mejilla
y declaró:

–Terminaremos esto más tarde.

Lo dijo con tanta seguridad que Ria se asustó, pero
se dijo que la culpa era enteramente suya. ¿Acaso no
se había arrojado a sus brazos con la irresponsabilidad
y la pasión desenfrenada de una adolescente?

Lo había hecho, y no se engañaba hasta el extremo
de negar que lo deseaba. Pero desearlo y casarse con
él sin amor eran dos cosas muy distintas; sobre todo,

porque había acudido a él para librarse de otro matrimonio sin amor.

–De acuerdo –dijo.

En ese momento, alguien los llamó y él se apartó de ella con rapidez. Alexei alcanzó su chaqueta, se la puso y se pasó una mano por el pelo tan tranquilamente, como si no pasara nada. Sabía que Ria iba a aceptar sus condiciones y, solventado ese problema, se disponía a afrontar los más inmediatos.

Con manos temblorosas, ella se puso el abrigo y se colgó el bolso del hombro. No se sentía capaz de mirar a Alexei; no soportaba la idea de observar su cara y descubrir en ella un gesto de satisfacción.

Solo quería salir de allí, tan deprisa como fuera posible.

Adelantó a Alexei y se dirigió directamente a la puerta del reactor, donde se detuvo. Por muy nerviosa que estuviera, no había olvidado el protocolo oficial. Estaba junto al hombre que iba a ser el rey de Mecjoria, y él tenía preferencia; de modo que retrocedió un par de pasos y lo dejó pasar.

–Alteza...

Ria lo dijo con ironía, para que Alexei fuera consciente de que no se había rendido y de que no se daría por vencida sin plantar batalla. Seguía siendo una mujer libre, dueña de su vida y de sí misma.

Él reaccionó con una sonrisa igualmente irónica, como diciéndole que sabía lo que estaba pensando y que, a pesar de ello, se saldría con la suya. Después, pasó ante Ria, miró un momento al comité de recepción y empezó a bajar por la escalerilla.

Mientras bajaba, los miembros de la prensa le hicieron un montón de fotografías. A Ria le pareció lógico, porque estaban ante el futuro rey de Mecjoria, pero le sorprendió que se mostrara tan relajado. ¿Cómo era posible? Cuando se presentó en su empresa y le ofreció el documento, Alexei rechazó el trono y la echó de allí. Ahora, en cambio, actuaba como un hombre que estuviera perfectamente contento con su destino.

Quizá había hablado en serio al decir que, cuando fueran reyes, podrían hacer grandes cosas por el país. Quizá era cierto que Mecjoria le importaba. A diferencia de Ivan, él no quería el trono por el dinero y el poder; ya era un hombre rico y poderoso, un hombre que, por otra parte, estaba a punto de renunciar a la vida que le gustaba para sentarse en el trono de un país que lo había despreciado.

Ria siguió a Alexei, pero a tan corta distancia que estuvo a punto de llevárselo por delante cuando él se detuvo al pie de la escalerilla. Entonces, él se giró y le ofreció una mano, que ella aceptó sin la menor duda.

En ese momento no se dio cuenta de lo que había hecho. Solo más tarde, cuando vio las imágenes en televisión, unas imágenes grabadas desde el lugar donde estaban los miembros del Gobierno y la escolta militar, comprendió que al aceptar su mano de un modo tan natural, había aceptado sus condiciones.

Sin pronunciar una sola palabra y sin ser demasiado consciente de lo que hacía, había tomado la decisión de acatar los deseos de Alexei y convertirse con ello en su esposa y en reina de Mecjoria.

Capítulo 9

S E IBAN a casar.

Ria no se lo podía quitar de la cabeza. ¿Quién se habría imaginado veinticuatro horas antes que se iba a casar con Alexei? No era precisamente lo que tenía en mente cuando se decidió a viajar a Londres.

Pero, a pesar de todas sus dudas, había querido creer que su prometido hablaba en serio cuando dijo que lucharían juntos por el bien del país, que tenían los mismos objetivos y que ella sería su igual.

Incluso se había convencido de que tal vez la necesitara un poco.

Sin embargo, Alexei parecía haber perdido todo interés por ella desde que anunciaron su compromiso a la corte y al país.

Se acordó del día del aeropuerto, cuando avanzaron por la alfombra roja y recibieron el saludo de los dignatarios y de los militares, que Alexei devolvió con cortesía y solemnidad, sin soltarle la mano. Ria no se sentía cómoda con la situación, pero sacó fuerzas de flaqueza y lo siguió durante la ceremonia, soportando estoicamente las cámaras y las miradas de curiosidad de muchos, que sabían que su padre y ella habían caído en desgracia.

Y, al final, justo antes de llegar a la fila de coches que estaba esperando, Alexei anunció el motivo de su presencia.

—Caballeros —declaró en voz alta—, permítanme que les presente a mi prometida y futura reina de Mecjoria, la gran duquesa Honoria Maria Escalona.

En ese momento, Ria pensó que todo iba a salir bien y que su familia recuperaría el título y la posición social que había perdido, aunque estaba aún más atrapada en la red de intrigas de la situación política. Pero, desde entonces, Alexei se mantenía a distancia. Era como si ya no le interesara en ningún sentido, incluido el sexual; como si una vez anunciado su compromiso ya no tuviera valor para él.

La alojaron en una preciosa suite del palacio, situado en lo alto de una colina que dominaba Alabria, la capital del reino. Era mucho más grande y más elegante que las habitaciones que había ocupado durante sus visitas anteriores. Incluso se molestaron en llevarle todas sus pertenencias, que había dejado en su casa.

Pero estaba sola.

Más tarde, le dieron una serie de instrucciones; básicamente, información sobre lo que se esperaba de ella y los actos a los que debía asistir. Por supuesto, también le proporcionaron un vestuario acorde a su cargo, con más vestidos, zapatos y joyas de los que había tenido en toda su vida. Así que acompañaba a Alexei, sonreía, daba conversación a los invitados y se comportaba como la prometida perfecta.

En determinados aspectos, no se podía quejar.

Acompañar a Alexei a los actos oficiales no se parecía nada a acompañar a su padre, un obseso del control que siempre le decía lo que tenía que hacer y lo que debía ponerse. Su futuro esposo la respetaba y la dejaba hacer a su gusto, sin intervenir.

Pero estaba sola.

Al final de aquellos actos, volvía a su habitación y no quedaba nada salvo su sentimiento de soledad.

Por otra parte, su papel se limitaba a sonreír y ejercer de acompañante. Alexei ya era el rey de Mecjoria a todos los efectos, aunque faltaba el trámite puramente simbólico de la coronación; pero no contaba con ella para nada relevante. Solo le había encargado un trabajo de alguna importancia, y solo porque, como él mismo le había confesado, era la única persona que lo podía hacer.

—Sería conveniente que grabáramos un reportaje sobre el descubrimiento del documento que prueba la legitimidad del matrimonio de mis padres —declaró—. La gente siente tanta curiosidad que se están inventando todo tipo de historias.

Entre los dos, crearon una versión de los hechos que no se parecía demasiado a la verdad. Dijeron que el documento se había encontrado en un archivador del palacio y, por iniciativa de Alexei, que no quería que nadie asociara a su prometida con las maquinaciones de Gregor, obviaron el papel del padre de Ria.

A ella no le agradaba especialmente la idea de mentir, pero se convenció de que era lo mejor para todos y lo acompañó al estudio de televisión, donde grabaron juntos el reportaje. Su prometido estuvo encantador en todo momento, y se mostró muy cariñoso con ella. Cuando los periodistas ya habían apagado las cámaras, le puso una mano en el hombro, le dio un beso en la mejilla y le dijo en un susurro:

–Gracias. Hemos hecho bien al decir que fuiste a verme a Londres para entregarme el documento. Todos pensarán que, durante tu estancia en Inglaterra, tuvimos ocasión de renovar nuestra antigua amistad. Es justo lo que necesitábamos. Una historia romántica que se publique en todos los medios.

Ria asintió, a sabiendas de que los medios de comunicación harían exactamente lo que Alexei había dicho. De hecho, las portadas se llenaron de noticias sobre su supuesta relación amorosa; y cada vez que asistían juntos a un acto, los periódicos y las revistas volvían a publicar montones de notas sobre ellos. Como si no hubiera nada más importante que contar.

Sin embargo, Alexei no le había permitido que se pusiera en contacto con su familia. Ria sabía que su madre estaba enterada de lo sucedido porque había ayudado a empaquetar sus pertenencias y enviarlas al palacio, e incluso le había mandado una carta donde la felicitaba por su compromiso matrimonial. Por supuesto, la gente sentía curiosidad por la situación de Gregor, pero no tanta como para hacerse preguntas.

Además, todos sabían que la madre de Ria estaba enferma y que se había retirado a su casa de campo para recuperarse, así que no se atrevían a insistir demasiado. Y, cuando insistían, las nuevas noticias sobre la pareja real bastaban para que la gente olvidara el asunto.

Durante los días transcurridos desde su llegada, Ria solo había tenido ocasión de charlar unas cuantas veces con Alexei, y solo de asuntos intranscendentes, porque siempre estaban rodeados por una legión de funcionarios o periodistas. Al final del día, se daban un par de besos en la mejilla, un beso rápido en la boca para satisfacer a la audiencia y, tras hablar sobre los actos del día siguiente, se separaban.

Era una situación desesperante, porque Ria necesitaba mucho más que eso.

Alexei parecía perfectamente capaz de seguir adelante sin ella, pero ella no podía decir lo mismo. De noche, daba vueltas y más vueltas en su enorme cama, sin poder conciliar el sueño. Se sentía sola, frustrada, marginada; sobre todo, cuando pensaba que estaba a punto de convertirse en la esposa de aquel adolescente al que había querido tanto, y que ya no eran dos críos, sino dos adultos.

Lo deseaba.

Lo deseaba como una mujer a un hombre.

Lo quería en su vida, en su cama, dentro de su cuerpo. Lo quería tanto que casi le resultaba doloroso.

Jamás se habría imaginado que su viaje a Londres tendría consecuencias tan extrañas. Había abierto la caja de Pandora y ya no la podía cerrar. Había pensado que podía salvarse a sí misma y salvar a su país y se había metido en una trampa.

¿Cómo era posible que lo hubiera hecho tan mal? Ni siquiera sabía si Alexei la deseaba de verdad o si se había limitado a fingirlo. ¿Qué era ella para él? ¿Un peón en el tablero de la política de Mecjoria? ¿Una simple forma de afianzar su posición en el país? ¿O la quería para algo más?

No estaba segura.

Solo sabía que empezaba a estar harta de aquella situación.

Seis noches después de volver a Mecjoria, Ria se cansó de dar vueltas en la cama. Alcanzó su bata azul, se levantó y se puso la prenda sobre el precioso camisón de seda que llevaba puesto. Lo había encontrado entre su vestuario nuevo y había pensado que era una indirecta de su prometido, una forma de decirle que, en cuanto pudieran, terminarían lo que habían empezado aquel día, en Londres.

En el exterior, el cielo nocturno estaba cargado de humedad. Hacía mucho calor, y se acercaba una tormenta al castillo desde las montañas. Las largas cortinas de los balcones se mecían bajo la brisa, tan inquietas como sus propios pensamientos; aunque la inquietud de Ria no tenía nada que ver con la elevada temperatura.

Alexei le había confesado que no se creía capaz de volver a amar a nadie, pero Ria se había dicho a sí misma que eso no significaba que no la deseara como mujer, e incluso se había convencido de que no necesitaba nada más. Sin embargo, no iba a permitir que la tratara como si no existiera.

—¡Seis noches es suficiente! —se dijo en voz alta.

Ya no tenía trece años; ya no era aquella niña obediente que acataba las órdenes de su padre sin rechistar. No estaba obligada a aceptar las órdenes de nadie, ni siquiera de su futuro esposo. Era una mujer libre.

Se ajustó el cinturón de la bata, se puso unas zapatillas, se dirigió a la puerta de la suite y la abrió de par en par.

−¿*Madame*?

Ria se sobresaltó al oír la voz; no se acordaba de que Alexei había aumentado la seguridad en palacio, porque la situación política seguía siendo inestable. Se giró hacia Henri, el oficial de la guardia, y le dijo:

−Su Alteza desea verme.

El oficial asintió.

−Por supuesto, *madame*. Si tiene la amabilidad de seguirme...

Ria siguió al hombre por varios corredores extraordinariamente largos, de techos altísimos. No le agradaba la idea de que la escoltaran; tenía la sensación de que, si en el último momento se negaba a ver a Alexei, la llevarían a la fuerza.

Pero no tenía intención de negarse, y poco después llegaron a su destino. Henri llamó suavemente a la puerta y se apartó.

−¿Sí?

Alexei abrió la puerta en persona. A Ria le pareció más alto, más devastador y más imponente que nunca.

Se había quitado la chaqueta del traje que tenía por la tarde, pero llevaba la misma camisa inmaculadamente blanca, abierta ahora por el cuello y con la pajarita colgando. Tenía el pelo revuelto, como si se hubiera pasado las manos por él, y sostenía una licorera con una bebida de color claro.

−Duquesa...

Su voz sonó dura y ligeramente irónica, sin el menor asomo de afecto.

Sin pensárselo dos veces, Ria respondió con la norma de etiqueta que le habían enseñado. Se agarró los laterales de la bata, como si fuera un vestido de noche, y le ofreció una reverencia de lo más formal.

—¿Quería verme, señor?

Él frunció el ceño, porque no la había llamado; pero se dio cuenta de que el oficial de la guardia estaba escuchando y le siguió el juego.

—Sí, en efecto.

Alexei se apartó y añadió:

—Entra, por favor.

Ria entró en la habitación, pasando por delante del guardia. En cuanto Alexei cerró la puerta, le ofreció una fría sonrisa y dijo:

—Gracias.

La suite de Alexei era enorme; de balcones grandes y habitaciones inmensas, decoradas en tonos de verde oscuro. Al verlo allí, se acordó del edificio de Londres, con aquellas fotografías tan bellas como impersonales, sin gente. Era una suite verdaderamente bonita, pero no contenía ni un solo detalle personal; nada que diera la menor indicación sobre el carácter de Alexei, el nuevo rey de Mecjoria.

Ria dio un par de pasos, se detuvo y dijo de repente:

—Oh, Dios mío...

—¿Qué ocurre?

—Nada, que me acabo de dar cuenta de lo que he hecho —contestó, sin saber si reírse o sentirse avergonzada—. El pobre Henri habrá pensado que...

—¿Qué habrá pensado?

—Es muy tarde, Alexei.

—¿Y?

—Bueno, habrá pensado que, si me has llamado a

estas horas a tu suite, será porque quieres... en fin, ya sabes.

Alexei arqueó una ceja.

—¿Y eso te parecería tan terrible?

—No, en absoluto, pero...

—¿Crees que no deberías estar en mis habitaciones? —la interrumpió—. Te recuerdo que vamos a ser marido y mujer. Y por las historias que publica la prensa, la gente pensará que ya somos amantes.

Alexei alcanzó la copa que se había servido y se la bebió de un trago, lentamente. Ria se quedó hechizada con el movimiento de su garganta y con el vello negro que le asomaba por el cuello de la camisa.

—Sí, supongo que tienes razón —dijo.

—De hecho, habrá quien se extrañe de que nunca hayas venido a verme de noche —observó Alexei—. Pero dime, ¿a qué debo el placer de tu visita?

La valentía de Ria se esfumó. Lo que le había parecido enteramente posible cuando estaba en la cama, ansiosa por sentir el contacto de Alexei, le parecía ahora completamente imposible. No era que estuviera menos excitada; bien al contrario, la visión de su piel morena y de su reluciente cabello negro había aumentado su estado de necesidad, volviéndolo más visceral y primitivo. Pero tenía un problema.

¿Cómo decir que se quería acostar con él?

—Yo...

—¿Sí? —preguntó Alexei, mirándola con extrañeza.

—Yo... He venido a decirte que necesito saber algo más que la hora de los actos a los que tengo que asistir y los vestidos que me tengo que poner —declaró con rapidez–. Me pregunto qué estoy haciendo aquí... por qué me tienes prisionera.

Tras unos segundos de confusión, Alexei le lanzó una mirada cargada de ira. Dejó la copa en la mesa y dijo:

–¡Tú no estás prisionera! Eres libre de ir y venir a tu antojo.

Ella sacudió la cabeza.

–No, Alexei. Reconozco que no te pareces nada a mi padre, y que me das entera libertad... pero me tienes apartada de todos los asuntos importantes. Necesito saber qué está pasando. Ahora mismo, solo sé que nos vamos a casar.

Ria respiró hondo. Había ido a la suite para acostarse con él y, en lugar de eso, le estaba echando en cara su actitud. Y ni siquiera encontró el valor suficiente para recordarle lo que le había dicho en cierta ocasión: que estarían juntos todo el tiempo y que, juntos, harían grandes cosas por Mecjoria.

Capítulo 10

OH, VAMOS, Ria –dijo él con humor–. Sabes perfectamente que no has venido a mi suite para decirme eso... Has venido porque me deseas tanto como yo a ti. Nos excitamos el uno al otro con una simple mirada.

Ria pensó que no podía estar más en lo cierto, aunque se lo calló. Le ardía la piel y, un momento después, cuando Alexei se acercó a ella, tuvo que apretar las manos contra la bata para resistirse a la tentación de tocarlo.

–¿Que me deseas? ¿Que tú me deseas? ¡Pero si ni siquiera te acercas a mí! Te limitas a enviarme flores y joyas.

Ria movió las manos al hablar y, sin querer, rozó la mejilla de su prometido. El contacto le causó tal descarga de placer que se apartó de él como si se hubiera quemado y, a continuación, se ruborizó.

–¿Sabes que estás preciosa con esa bata? –dijo él en voz baja.

–Tan preciosa que no has pasado un solo día entero conmigo desde que llegamos a Mecjoria –protestó.

Alexei arqueó una ceja.

–¿Estás diciendo que me echas de menos?

Ella respiró hondo.

—Te estoy diciendo que soy tu prometida.

Alexei le dedicó una pícara sonrisa.

—Sí, por supuesto que eres mi prometida. Y reconozco que interpretas muy bien el papel de novia celosa.

—¿Celosa? ¿De qué? ¿De quién?

—Del tiempo que paso con mis nuevas amantes.

—¿Tus nuevas...?

Ria dejó la frase sin terminar porque se dio cuenta de que no se refería a ninguna mujer, sino a los asuntos de Estado.

—Sabía que estarías muy ocupado durante unos cuantos días —reconoció ella—, pero eso no justifica que me dejes al margen de todo. Aunque me equivoqué al decir que tal vez necesitaras ayuda, no la necesitas.

—¿Adónde quieres llegar?

Ria fue sincera con él. Lo había observado durante los distintos actos oficiales y estaba realmente impresionada. Trataba a todo el mundo con elegancia, equidad y firmeza, desde la gente normal y corriente hasta los miembros del Gobierno.

—A que estás haciendo un trabajo maravilloso. No te has equivocado ni una sola vez.

Él asintió en agradecimiento por el cumplido.

—Tuve una gran profesora.

Esa vez fue ella quien frunció el ceño.

—¿Yo? Yo no he hecho nada. Yo no hago nada.

—Naturalmente que sí —replicó él—. Te dejas ver conmigo, y a la gente le encanta. Bueno, a la gente y a la prensa.

–Ah, sí, nuestra bonita y romántica historia –ironizó Ria–. Cualquiera diría que somos Romeo y Julieta.

–Has estado conmigo día tras día –alegó él–. Eres un vínculo con los reyes anteriores, y has vivido toda tu vida en Mecjoria. La gente valora mucho tu posición. Agradecen que estés a mi lado.

Ria entrecerró los ojos, sorprendida. Había tenido la sensación de que las palabras de Alexei no eran sino una forma indirecta de decir que él valoraba su trabajo y que le estaba agradecido por ello.

–Tú eres la única que puede interpretar ese papel, Ria –Alexei se acercó un poco más y le puso una mano en la cara–. Una persona que ama Mecjoria, que pertenece a este lugar.

–Tú también perteneces a él. Por lo menos, ahora.

Él guardó silencio, como si la puntualización de Ria le hubiera recordado sus años de exilio, convertido en un paria.

–Lo siento, Alexei.

–¿Por qué dices eso?

–Porque sé que no querías volver a Mecjoria.

Él sacudió la cabeza.

–Te equivocas por completo.

–¿Cómo?

–¿Por qué crees que me puse tan furioso cuando nos echaron del país? ¿Por qué crees que me molestaba tanto lo que nos había sucedido? –le preguntó–. Porque esta era la tierra de mi padre, porque quería que me aceptaran aquí. Crecí amando Mecjoria, Ria; amando sus ciudades, sus lagos y sus montañas.

Alexei clavó la mirada en los balcones abiertos,

desde los que, de día, se podía admirar la cordillera y sus cumbres, que estaban nevadas hasta en verano.

–Por eso me dediqué a la fotografía, ¿sabes? –siguió hablando–. Porque quería captar la inmensa belleza de Alabria y de sus bosques. Mi padre me regaló la primera cámara que tuve. Quién iba a imaginarse que la estrenaría en Londres, en el exilio.

«El exilio».

Esas dos palabras decían mucho más de Alexei que ninguna otra cosa. Estaban llenas de soledad, de abandono, de amor roto, de sentimiento de pérdida. Ria volvió a pensar en las fotografías que había visto en la sede de su empresa, las fotografías que lo habían hecho rico y famoso; eran imágenes de una belleza sin igual, pero mucho más frías de las que habría hecho el adolescente al que su padre había regalado esa primera cámara.

–¿Aún la tienes?

Él no contestó. En lugar de eso, señaló un mueble que estaba pegado contra la pared. Ria se giró y vio la vieja cámara, cuya superficie negra y cuyo objetivo contrastaba enormemente con la decoración anticuada de la suite.

Se le encogió el corazón al instante.

–Tu padre habría estado orgulloso de ti –le dijo.

–¿Tú crees?

–Por supuesto que lo creo.

–Pues no pareció muy orgulloso de mí durante el tiempo que estuve a su lado.

–Bueno, no se puede decir que le dieras una oportunidad –declaró ella, sincera–. Ten en cuenta que la corte de Mecjoria es muy conservadora; es un lugar lleno de normas tan rígidas como arcaicas. Y hace diez años era mucho peor. De hecho, sigue sin ser el lugar más abierto del mundo.

Alexei sonrió con tanta calidez que Ria creyó estar frente al adolescente que había sido.

—Lo sé de sobra, Ria. No sabes cuántas veces he pensado en ti durante los días pasados.

—¿En mí? ¿Por qué?

—Porque, como bien dices, la corte está llena de normas y protocolos absurdos. Cuando era joven y me enfrentaba a uno que no conocía, pensaba en ti y me preguntaba lo que habrías hecho tú si hubieras estado en mi lugar.

Ria se quedó anonadada.

—¿Lo dices en serio?

—Completamente. No exageraba al decir que has sido una gran profesora.

—Pero podría haber hecho más. Te podría haber ayudado más.

Él volvió a sacudir la cabeza.

—Tu padre se encargó de que no tuvieras ocasión de ayudarme. Tenía planes para ti, y no iba a permitir que nada ni nadie se interpusiera en su camino. Sobre todo, tratándose de un desarrapado que, para empeorar las cosas, era el producto de un matrimonio más que inconveniente para él.

—¿Estás insinuando que su plan de casarme con Ivan no es reciente? ¿Que ya lo tenía pensado cuando éramos adolescentes?

—No es una insinuación. Lo sé a ciencia cierta —dijo él—. Y, si no hubiera pensado en Ivan, habría elegido a otra persona. A cualquiera que le ofreciera la mejor posibilidad de ser el poder a la sombra del trono.

–A cualquiera, menos a ti –dijo ella en un susurro.

–En efecto.

Ria se estremeció. Había albergado la esperanza de que los motivos de Alexei fueran nobles, de que hubiera aceptado el trono porque el futuro de Mecjoria le interesaba de verdad. Pero, por el tono amargo de las palabras de Alexei, llegó a la conclusión de que no lo había hecho por eso, sino para vengarse de Gregor, del hombre que se lo había quitado todo. Y ella se había convertido en el instrumento de su venganza.

–Dime una cosa, Ria. ¿Te habrías casado con Ivan?

–Ya te he dicho que no me quería casar con él –le recordó.

–¿Y si hubieras pensado que era lo mejor para el país? –insistió Alexei–. ¿Te habrías casado con él en ese caso? ¿Habrías aceptado el acuerdo que firmó tu padre?

Ria palideció. Mecjoria le importaba tanto que, en otros tiempos, la respuesta habría sido afirmativa; pero las cosas habían cambiado mucho.

Alexei la miró con interés. Había estado investigando, y el resultado de sus pesquisas demostraba que el padre de Ria era aún peor de lo que había creído. El hombre que había provocado la caída en desgracia de su familia pertenecía a la clase de personas capaces de vender su alma al diablo si la recompensa era lo suficientemente alta.

Sin embargo, Alexei no iba a permitir que saliera de la cárcel hasta tener la seguridad de que Gregor Escalona se encontraba bajo su control. Y Ria era la mejor forma de controlarlo. Si se convertía en su esposa, Gregor se lo pensaría dos veces antes de organizar una revuelta palaciega contra él; aunque solo fuera por no hacer daño a su hija.

Pero, por otra parte, ni siquiera estaba seguro de que su hija le importara. Siempre había sido un padre frío y negligente. Esa era una de las razones por las que Ria había buscado su amistad en el pasado. Los dos eran jóvenes y estaban solos y atrapados en un mundo de luchas de poder y conspiraciones. Conspiraciones como la que había protagonizado el propio Gregor al organizar un matrimonio concertado con Ivan.

Definitivamente, no iba a permitir que Gregor se acercara a su hija hasta que se hubiera convertido en su esposa. Era la única forma de impedir que forzara la boda de Ria con Ivan o le intentara arrebatar la corona de otro modo. Además, detestaba la idea de que Ria se viera obligada a casarse con un hombre que le daba miedo.

En cualquier caso, no podía negar que Gregor había hecho algo bueno: había formado maravillosamente bien a su hija, que ahora tenía las habilidades necesarias para convertirse en reina. Se había asegurado de que sirviera a sus propósitos, y ahora iba a servir a un objetivo más digno.

Pero todavía no estaban casados. Y no iba a permitir que se acercara a su hija hasta después de la boda.

—No hace falta que contestes a mi pregunta; creo que ya conozco la respuesta —continuó Alexei—. Solo espero que la perspectiva de casarte conmigo no te disguste tanto como la de casarte con Ivan.

Ria apretó los dientes, como haciendo un esfuerzo por no decir nada. Alexei deseó inclinarse sobre ella, pasarle un dedo por los labios y, a continuación, probar su sabor y asaltar su boca sin más.

Se le había acelerado el corazón de tal modo que tuvo miedo de que Ria pudiera oír los latidos. Había elegido personalmente la bata y el camisón que llevaba, imaginándose cómo quedarían sobre sus suaves hombros y sus pechos. Pero la realidad era mucho mejor y más interesante que las fantasías. Lo estaba volviendo loco de deseo.

Por fin, ella abrió la boca y dijo:

–Por supuesto que no. Pero ¿no crees que nuestra relación sería bastante más creíble si pasáramos más tiempo juntos, Alexei? No me refiero a pasar más tiempo como rey y futura reina, sino en calidad de hombre y mujer. Comprendo que estás muy ocupado y que tienes muchas responsabilidades, pero había pensado que, al final del día, cuando hayas terminado de trabajar...

–¿Me podría pasar por tu habitación? –dijo él, terminando su frase–. Tal como están las cosas, no te podría conceder ni una hora, Ria.

Alexei fue sincero con ella, pero no le dijo toda la verdad. Mantenía las distancias con ella porque le asustaba la posibilidad de quedarse atrapado en lo que sentía. Le gustaba tanto que no se conformaría con una hora de sexo; le haría el amor toda la noche y, después, estaría tan encadenado a su piel que no volvería a ser libre.

–Pero me gustaría que me prestaras un poco más de atención –declaró ella–, que hicieras algo más que enviarme regalos.

–¿No te gustan los regalos? –preguntó él, aparentemente inseguro–. Pensaba que a las mujeres les gustaban las joyas y las flores.

–No se trata de eso. Es que...

–¿Sí?

–Los regalos no sustituyen al...

Ria se quedó helada al comprender lo que había estado a punto de decir: que los regalos no sustituían al amor.

«Amor».

No quería pensar en esa posibilidad; y, por supuesto, tampoco quería estar enamorada de Alexei. Pero la palabra había aparecido en mitad de sus pensamientos y ya no estaba segura de que la pudiera expulsar.

–¿A qué, Ria?

Ella sacudió la cabeza.

–Olvídalo. Carece de importancia.

–Es una pena. Esperaba que los regalos te gustaran. ¿Quieres que cancele la cita de mañana con el modisto?

–¿Para qué necesito tantos vestidos? Tengo más vestidos de los que podría...

–Necesitas uno nuevo para el baile de disfraces.

–Ah...

–¿Creías que yo no iba a respetar la tradición? –preguntó con una sonrisa–. No he olvidado lo mucho que te gustaba.

Ria se quedó atónita. No lo había olvidado. Habían pasado diez años y todavía se acordaba.

–El baile de disfraces, claro... –dijo, sin poder refrenar su entusiasmo–. ¿Tendremos que llevar máscaras?

—Por supuesto que sí.

—Jamás me habría imaginado que tú, precisamente tú, tuvieras interés en participar en esa tradición —le confesó.

—¿Precisamente yo? —preguntó ofendido.

Ria guardó silencio, arrepentida.

—¿Por qué has dicho eso, duquesa? ¿Crees acaso que un desarrapado como yo no sabrá estar a la altura en un baile de disfraces?

—No, no pretendía insinuar que...

—¿Entonces?

—Simplemente, creía que no te gustaban esas cosas.

—Pues me gustan. Y sé bailar, por cierto. Mi padre insistió en que aprendiera, y no es algo que se olvide.

Ria lo miró con sorpresa.

—¿Tomaste clases de baile?

—Sí.

—¿Con *madame* Herone?

Alexei asintió.

—¿Cómo es posible? También me dio clases a mí. Me extraña que no coincidiéramos.

Él se encogió de hombros.

—¿Por qué te extraña? Tu padre hacía verdaderos esfuerzos por impedir que estuviéramos juntos. Y muchas veces, se salía con la suya.

Ria estaba realmente desconcertada. Siempre había pensado que Alexei se habría rebelado contra el baile como se había rebelado contra muchas otras cosas. Y ahora resultaba que había aprendido a bailar con *madame* Herone, igual que ella.

Al pensarlo, se preguntó cuántas historias de Alexei desconocería y cuántas de las que creía conocer serían ciertas. Efectivamente, su padre habría sido capaz de inventar cualquier cosa con tal de separarla de él.

—¿Te acuerdas del bastón que llevaba, Ria?

Ella se estremeció al recordarlo.

—Cómo lo voy a olvidar. Daba golpes en el suelo para marcar el ritmo y, si lo hacíamos mal, nos pegaba con él en las pantorrillas. A veces, cuando salía de clase, tenía las piernas llenas de moratones.

—¡Basta de quejarte, Honoria! —dijo Alexei, imitando la voz de *madame* Herone—. ¡Y ponte bien de puntillas! Uno, dos, tres... Uno, dos tres...

Alexei la tomó de las manos y empezó a girar con ella.

—Uno, dos, tres...

Los giros eran cada vez más rápidos. Él la abrazó con fuerza, apretándose contra su cuerpo de tal forma que Ria podía sentir su calor, la tensión de sus músculos y su erección. Al cabo de unos segundos, se empezó a sentir mareada; pero, naturalmente, no fue por la velocidad de los giros, sino por las sensaciones que su contacto le causaba.

—Uno, dos, tres... —siguió repitiendo.

Ria no llegó a saber si fue deliberado o un simple accidente; solo supo que tropezó, que perdió el equilibrio y que, cuando se quiso dar cuenta de lo que pasaba, se encontró tumbada en la cama, con Alexei encima.

—¡Alex! —exclamó, sorprendida.

Él se quedó helado, completamente inmóvil, como si la situación le resultara tan desconcertante como a ella. Estaban tan pegados el uno al otro que apenas había unos centímetros de distancia entre sus bocas.

—Ria... —dijo él en voz baja.

Ella apartó la mirada.

—Mírame, Ria.

Ria hizo un esfuerzo y miró sus ojos negros.

—Esta es la razón por la que nunca voy a tus habitaciones. Sé que, si cometiera ese error, terminaríamos así.

Alexei cambió ligeramente de postura y ella volvió a sentir el contacto de su erección, que la excitó un poco más.

—Y sé que ya no te podría dejar —continuó.

Él sacudió la cabeza, como si no pudiera creerse lo que le acababa de confesar. Desgraciadamente, ya no tenía remedio.

—No quería desearte tanto... nunca quise desearte tanto. Aunque mentiría si dijera que no te deseo, duquesa —le confesó—. Si no quieres que sigamos, será mejor que me lo hagas saber ahora, mientras aún me puedo controlar.

Ria guardó silencio, a sabiendas de que, con ello, le estaba dando carta blanca.

Pero lo deseaba tanto como él.

Alexei asaltó la boca de Ria con un beso apasionado que recibió una respuesta igualmente apasionada. Tras unos momentos de caricias, le introdujo una mano por el cuello de la bata y apartó la prenda lo suficiente para poder besarla en el hombro.

Ella gimió, estremecida.

Había pasado seis noches terribles; seis noches de frustración y falta de sueño; seis noches de deseo y creciente necesidad. Estaba tan ansiosa de él que le sacó la camisa de los pantalones y se la desabrochó tan deprisa como pudo, para poder acariciar la piel de su pecho. Cuando lo consiguió, cerró las manos sobre los dos extremos de la pajarita desanudada y tiró de ellos, aprisionando la boca de Alexei contra la suya.

En cuanto a él, su ansiedad era casi mayor que la de Ria. Le quitó la bata y le arrancó el camisón de seda con un movimiento tan brusco que lo rasgó; pero ella ni siquiera se dio cuenta porque, acto seguido, se inclinó sobre uno de sus pechos y le empezó a succionar el pezón, maravillosamente.

—Lexei... —dijo en voz baja—. Lexei...

Él se detuvo y la miró.

—¿Qué ocurre?

—Yo...

—No me digas que eres...

—¿Virgen? —preguntó Ria, sorprendida—. Oh, Dios mío... ¿Crees que he mantenido el celibato durante todos estos años? ¿Que me he dedicado a esperar por si volvías a mí? No seas tonto. Por supuesto que no soy virgen.

Ria fue sincera. Había estado terriblemente encaprichada de Alexei; pero, cuando él se marchó y se empezó a dejar ver en todas partes en compañía de la preciosa y elegante Mariette, con la que más tarde tuvo una hija, ella hizo todo lo posible por olvidarlo. Sin embargo, no había tenido mucha suerte con las relaciones amorosas; en gran parte, porque seguía pensando que Alexei era el hombre de su vida.

Lo volvió a besar y, de algún modo, se las arregló para quitarle la ropa. Ya desnudos, él le metió una pierna entre los muslos y ella se arqueó, invitándolo a llegar más lejos. Incluso se atrevió a cerrar las manos sobre su trasero y a apretarlo con fuerza.

—Ria...

Alexei pronunció su nombre con desesperación, demostrando que ella no era la única que estaba a punto de perder el control. Después, le volvió a succionar un pezón mientras le acariciaba el otro con una mano. Ria pensó que se iba a volver loca de placer. Estaba tan excitada que casi no lo podía soportar.

Cuando se apartó de ella lo suficiente para penetrarla, Ria dejó escapar un gemido de satisfacción. Sus viejos sueños se habían hecho realidad de repente, pero una realidad mil veces mejor que ninguna fantasía erótica.

Para entonces, Alexei la había llevado tan cerca del orgasmo que apenas tuvo ocasión de disfrutar del preludio. Se sorprendió a sí misma moviéndose contra él, acelerando el ritmo, empujándolo y empujándose hacia el placer que tanto necesitaba.

Un momento después, todas y cada una de sus terminaciones nerviosas se activaron con las oleadas del clímax, que la dejó tan satisfecha como agotada. Pero, a pesar de ello, todavía tuvo fuerzas para apretar sus músculos internos sobre el sexo de Alexei, que gimió al cabo de unos segundos y se deshizo en ella.

La experiencia fue casi una revelación para Alexei. Había estado con muchas mujeres, pero nunca había sentido nada parecido. No se podía mover, no podía pensar. Su corazón latía desbocado y su respiración se negaba a volver a la normalidad.

Poco a poco, sin embargo, fue recuperando el control de su cuerpo. Ria se había apretado contra él, con la cabeza apoyada contra su pecho. Él la miró y, durante unos instantes, se sintió el hombre más feliz del mundo. Hasta que sus pensamientos entraron en escena y rompieron el hechizo.

¿Qué diablos había hecho?

Se había mantenido alejado de Ria por una buena razón. Había mantenido las distancias porque perdía el control cuando estaba con ella. Y, por mucho que la deseara, se había prometido a sí mismo que jamás se volvería a acostar con ninguna mujer sin usar un método anticonceptivo. La amarga experiencia de su pasado era una lección que procuraba no olvidar.

Pero la había olvidado.

En cuanto tuvo a Ria entre sus brazos, perdió la cabeza hasta el extremo de que el resto de las cosas dejaron de tener importancia. No se preguntó por las consecuencias de lo que estaban haciendo. No se preguntó por lo que el futuro les pudiera deparar. Solo quería disfrutar del presente.

Alexei sabía que había cometido muchos errores a lo largo de su vida. Errores absurdos, inadmisibles, temerarios. Pero, en ese momento, tuvo la certeza de que ninguno había sido tan terrible como aquel.

Capítulo 11

RIA se miró en el espejo e intentó reconocer a la mujer que reflejaba. Parecía distinta, y no solo porque se encontrara más bella y más elegante que nunca, como si se hubiera transformado por completo. No se trataba de un cambio simplemente físico. Era algo más profundo, más importante.

Desde luego, el vestido que llevaba contribuía a la sensación general. Era perfecto; una columna blanca, de seda, con cristales diminutos que brillaban cuando se movía. El vestido con el que había soñado desde que empezó a fantasear con la perspectiva de asistir alguna vez al baile de disfraces del palacio. Y su sueño incluía otro sueño: el de hacer el amor con el único hombre que la podía hacer feliz.

Alexei Sarova.

Admiró su peinado alto, del que caían unos cuantos mechones que le acariciaban los hombros, y se dijo que lo había conseguido. Había hecho el amor con Alexei. Pero ya no era una niña encaprichada de un adolescente, sino una mujer adulta que deseaba a un hombre adulto en un mundo de adultos, donde las cosas solían ser bastante más complicadas que en el mundo de una niña.

Ria no se hacía ilusiones al respecto. No creía que

su historia con Alexei pudiera tener un final feliz; pero allí estaba, a punto de acompañarlo al baile, donde tendría que sonreír a todos y fingirse dichosa.

Nadie debía adivinar su angustia. Nadie debía saber lo preocupada que estaba. Y menos que nadie, Alexei.

Alexei, el hombre que le había demostrado lo mucho que la deseaba; que había reconocido su deseo de tenerla a su lado, de convertirla en su esposa y su reina. Pero solo le había ofrecido el matrimonio porque era políticamente conveniente. Y no se engañaba con la posibilidad de que la quisiera por otros motivos más románticos.

Aquella noche de amor no había cambiado nada en absoluto. Nada salvo un detalle que, en realidad, lo cambiaba todo.

Ya no estaba sola en la cama, atormentada por la frustración, atrapada en la agonía de no poder satisfacer sus necesidades. Ahora compartía la cama de Alexei todas las noches, y todas las noches hacían el amor apasionadamente, como si no se cansaran el uno del otro. De hecho, cada vez se deseaban más, con más fuerza, con más apetito, con más desesperación. Aunque, a diferencia de la primera vez, tomaban las medidas oportunas para evitar el riesgo de que se quedara embarazada.

Sin embargo, los días de Ria no se limitaban a las relaciones sexuales con Alexei. La política de Mecjoria les quitaba tanto tiempo que, a veces, se despertaba a primera hora de la mañana y descubría que su amante se había ido; obviamente, a cumplir con sus muchas y diversas obligaciones.

Ria se volvió a mirar en el espejo y se preguntó si podría llevar una vida así, apasionante en muchos sentidos, pero también carente de amor.

Se le llenaron los ojos de lágrimas cuando pensó en su breve conversación de la mañana. Alexei se levantó y se vistió para marcharse; pero, antes de que llegara a la puerta de la habitación, ella preguntó:

–¿Cuándo volverás?

Ria supo que había cometido un error al preguntarlo, pero ya no podía retirar las palabras. Alexei se puso tenso y contestó sin emoción alguna.

–No lo sé. Voy a tener un día muy complicado.

Después, la miró durante unos momentos y añadió:

–Pero esta noche estaremos juntos. E iremos al baile.

En principio, Ria tenía motivos para estar contenta. Adoraba el baile de disfraces del palacio y, por si eso fuera poco, el baile de ese año iba a ser más importante que en otras ocasiones. Aunque Alexei ya era rey de Mecjoria, faltaba la ceremonia de coronación, que se celebraría inmediatamente después.

Pero no estaba contenta. No lo podía estar, porque, después del baile y de la coronación, llegaría el momento que tanto temía.

Su boda.

Alexei le anunció que, cuando se casaran, liberaría a Gregor. Dijo que su liberación contribuiría a mejorar el estado de salud de su madre, y Ria pensó que seguramente estaba en lo cierto. Sin embargo, el anuncio despertó en ella no pocos temores. No se fiaba de lo que su padre pudiera hacer.

–¿Estás seguro de eso, Alexei?

Él la miró con desconcierto.

–¿Por qué lo preguntas? Creía que lo deseabas.

–Por el bien de mi madre, sí. Daría cualquier cosa por verla recuperada. Sea lo que sea mi padre, es evidente que ella lo quiere.

–¿Pero?

–¿No te parece que Gregor podría ser una amenaza? Para Mecjoria, para ti…

Ria estuvo a punto de decir que también lo podía ser para ellos, pero no se atrevió.

–¿Por qué crees que no lo he liberado todavía? –preguntó Alexei.

–Lo desconozco.

Alexei se la quedó mirando con fijeza y completamente inmóvil. En ese momento, parecía una estatua de mármol.

–Porque quería estar seguro de que Gregor no tenga ocasión de hacerte daño otra vez –declaró.

Hacerle daño.

Ria se quedó atónita. No se le había ocurrido que la decisión de Alexei de mantenerlo en la cárcel se debiera a que estaba preocupado por ella. Pensaba que lo hacía por venganza, por castigar al hombre que tanto daño había causado a su familia. Y ahora resultaba que lo había hecho por protegerla.

–Que lo intente si quiere –dijo Ria, desafiante–. Fui a Londres a hablar contigo porque me pareció que eras la persona adecuada para dirigir el destino de Mecjoria, y todo lo que has hecho demuestra que yo tenía razón. Si mi padre te pudiera ver ahora y supiera cómo has manejado las cosas, no tendría más remedio que admitir que eres el mejor rey que podríamos tener.

–Yo no estoy tan seguro de eso. Tu padre no aprobaría nunca lo que hicimos ayer –comentó Alexei.

Su futuro marido se refería a lo que había pasado tras la inauguración de un nuevo hospital infantil. La ceremonia oficial duró algo menos de una hora, pero había tanta gente y gritaban tanto sus nombres que, al final, Alexei rompió el protocolo, se salió de la zona de seguridad y se dedicó a estrechar manos, a sonreír y a departir tranquilamente con los ciudadanos de Mecjoria, de igual a igual.

Al recordarlo, Ria pensó brevemente en la reacción que había tenido Alexei cuando un niño surgió de entre la multitud con un ramo de flores. El pequeño se acercó y le tiró de la ropa para que lo mirara, cosa que consiguió. Alexei se inclinó sobre él, lo tomó en brazos, se giró hacia ella y anunció:

–Tienes un admirador. Ha traído flores a su princesa.

Ria, que no estaba acostumbrada a comportamientos tan relajados en actos oficiales, tardó unos segundos en reaccionar, pero sonrió y dijo:

–Bueno, no sé si me parecen bien estas rupturas del protocolo, pero creo que hoy es lo más apropiado.

–Hoy y siempre –puntualizó Alexei.

Era obvio que estaba encantado con el recibimiento que del pueblo de Mecjoria. Todo el mundo lo quería abrazar o charlar con él. Algunas personas le dijeron que se parecía mucho a su padre, y otras le dieron la bienvenida al país y le mostraron lo contentas que estaban de que hubiera vuelto. Por lo visto, el hombre con quien ahora estaba en la cama, el hombre que se iba a convertir en su marido, se encontraba absolutamente a gusto en el papel de rey.

Justo entonces, como si le hubiera leído el pensamiento, Alexei dijo:

—Lo de ayer fue como volver a casa, ¿sabes?

—Porque has vuelto a casa. Esta es tu casa —replicó ella.

Alexei la miró y pensó que quizás fuera cierto; pero, curiosamente, ya no estaba tan seguro de que se pudiera decir lo mismo de ella. Aunque Ria hubiera crecido allí, sus circunstancias habían cambiado mucho. Ahora era la futura reina de Mecjoria, y lo era por obligación, porque las circunstancias la habían empujado a ello.

Se preguntó qué habría hecho si hubiera podido elegir. ¿Se habría casado con él de todas formas? ¿Habría aceptado la responsabilidad de ese cargo?¿O habría preferido hacer cualquier otra cosa, estar en cualquier otro sitio?

No lo sabía, pero se consoló pensando que, por lo menos, se acostaba con él porque quería acostarse con él. Y, en ese sentido, Alexei no podía estar más contento. Adoraba su piel y su calor; le gustaba tanto que su satisfacción nunca era completa. La deseaba hasta inmediatamente después de hacer el amor, hasta un segundo después de haber llegado al orgasmo.

Pero ¿era suficiente? Y, por otra parte, ¿qué pasaría cuando todo aquello terminara?

Se había convencido a sí mismo de que se iba a casar con Ria porque era la mejor forma de protegerla, y de que después, cuando las cosas se hubieran tranquilizado, le devolvería su libertad.

Por desgracia, ya no estaba seguro de querer que aquello terminara. Los días transcurridos desde su vuelta a Mecjoria habían sido los mejores y más intensos de su vida. ¿Cómo podía renunciar a algo que le gustaba hasta el extremo de haberle devuelto las ganas de vivir? Sencillamente, no podía; pero tampoco la podía obligar a ella a permanecer a su lado contra su voluntad.

Si la obligaba, no sería mucho mejor que Gregor.

Era consciente de que Ria nunca había querido ser reina, del mismo modo en que él nunca había querido ser rey. Habían aceptado esa obligación porque consideraban que era lo mejor para Mecjoria, pero ¿qué era lo mejor para ellos?

—Creo que formamos un buen equipo, Ria.

Ella asintió.

—Sí, eso parece.

—Pero no soy un monstruo. No te obligaré a ser mi esposa hasta el fin de tus días.

La declaración de Alexei fue tan inesperada que pilló a Ria por sorpresa. Y como desconocía las razones que lo habían llevado a decir eso, lo malinterpretó. Pensó que la estaba rechazando y que, en sus prisas por quitársela de en medio, había empezado a pensar en el divorcio cuando aún no se habían casado.

—Podríamos establecer un límite para nuestro matrimonio —continuó él—. No sé, tal vez dos o tres años.

Ella pensó que debía sentirse aliviada; al fin y al cabo, le estaba ofreciendo una salida para un matrimonio de conveniencia, sin amor. Pero no se sintió aliviada en modo alguno. Bien al contrario, se sintió como si le hubieran atravesado el corazón con una espada, como si acabaran de destrozar todos sus sueños.

–Sobra decir que te ofrecería un acuerdo de divorcio muy generoso.

–Sí, claro –replicó ella con ironía–. Y supongo que me lo ofrecerás cuando lleves el tiempo suficiente en el trono.

–En un trono que te debo a ti –declaró él, con intención de halagarla.

–No creo que me debas nada. Te has ganado el corazón de la gente sin ayuda de nadie. Lo de ayer fue un buen ejemplo –alegó ella.

–Aun así, tu ayuda me ha sido muy valiosa. Sabía que serías una reina magnífica.

–Pero solo lo seré durante una temporada –le recordó ella, intentando ocultar su sentimiento de amargura–. De hecho, supongo que deberíamos hablar sobre lo que va a ser nuestro matrimonio mientras dure. Necesito saber lo que esperas de mí.

Ella se sentó en la cama y empezó a enumerar, contando con los dedos:

–Ya soy tu prometida, he contribuido a crear una imagen idílica de nuestra relación, te he acompañado a los actos oficiales, te he calentado la cama por las noches, me voy a casar contigo y... ¿qué más? ¿También quieres que te dé un heredero?

La reacción de Alexei la sobresaltó. Fue como si, de repente, un muro de hielo se hubiera levantado entre los dos.

«Un heredero».

Obviamente, Ria sabía que ese tema iba a ser delicado. Desde el punto de vista del interés del reino, convenía que tuvieran descendencia; pero no olvidaba lo que se decía sobre la difunta hija de Alexei: que había fallecido por culpa de su padre. Y él no se había molestado en negarlo cuando se lo comentó.

Sin embargo, tenían que hablar de ello en algún momento.

Alexei guardó silencio durante casi un minuto. Últimamente, había pensado mucho en la posibilidad de tener otro hijo. Lo había empezado a considerar durante su primera noche de amor con Ria, cuando se acostaron sin usar ningún método anticonceptivo, pero la muerte de Belle pesaba tanto sobre su conciencia que no se lo quería plantear en serio.

Y ahora, Ria metía el dedo en la llaga y la volvía a abrir. Justo cuando él estaba haciendo un esfuerzo sobrehumano por concentrarse en sus obligaciones como rey y olvidarse de todo lo demás.

No podría haber elegido peor momento.

La noche anterior, Alexei había dormido mal. La inauguración del hospital infantil había sido un éxito innegable, un verdadero triunfo. Hasta que aquel niño se le acercó y le tiró de los pantalones para darle un ramo de flores. Él se inclinó sobre el pequeño de forma instintiva y lo tomó en brazos.

No pasó nada más. Pero, al mirar al niño, se acordó de su preciosa Belle y se dio cuenta de que se había metido en un buen lío al aceptar el trono.

No había pensado que, al convertirse en rey, la

gente esperaría que tuviera herederos. Era lógico. El país los necesitaba. Y tampoco había pensado que, si dejaba embarazada a Ria, ya no sería capaz de separarse de ella.

Sin embargo, sus sentimientos personales debían quedar en un segundo plano. Había asumido una responsabilidad y estaba dispuesto a seguir adelante, aunque la idea de volver a ser padre le diera miedo.

Miró a Ria y declaró, en contestación a su pregunta:

—El nuestro será un matrimonio de verdad.

—¿De verdad? ¿Qué significa eso?

—Que tendremos hijos. Por supuesto que los tendremos.

Ria se quedó atónita.

—¿Es que esperabas que te dijera otra cosa? —continuó él—. Si te hubieras casado con Ivan, habrías tenido hijos, ¿verdad?

Ria tragó saliva y asintió. Efectivamente, tener hijos con Ivan era una de las condiciones del matrimonio que había concertado su padre, y, de paso, uno de los motivos que la habían empujado a pedir ayuda a Alexei. Si la idea de casarse con Ivan le daba náuseas, la idea de hacer el amor con él y tener un hijo suyo le parecía lo más terrible del mundo.

—Tienes que admitir que, al menos, tú y yo nos llevamos bien en la cama. Nos deseamos. Y el deseo es un buen punto de partida, ¿no crees? —dijo él, que había notado su ansiedad—. Tenemos algo en común. Una llama de pasión.

Ella pensó que, más que una llama, era un verdadero incendio. Ni siquiera tuvo que mirar las sábanas, completamente revueltas, para llegar a esa conclusión.

Alexei lograba que se sintiera más viva que nunca y, al parecer, el sentimiento era recíproco.

A decir verdad, el hecho de que se desearan tanto debería haber facilitado las cosas en lo relativo a su matrimonio y a la necesidad de tener descendencia. Alexei tenía razón. Por lo menos, era un buen punto de partida. No podía negar que le encantaba estar con él, que adoraba hacerle el amor y, con ello, hacer realidad los sueños de su más tierna y bastante ingenua adolescencia.

Sin embargo, eso era lo que lo hacía tan difícil.

Si se hubiera casado con Ivan, habría tenido que pasar por el mal trago de acostarse con un hombre que la asustaba y le causaba repugnancia, pero habría sido algo estrictamente físico, sin más complicaciones que las derivadas de un acto de ese tipo. En cambio, con Alexei era muy diferente.

Se estaba jugando su corazón.

Ria no se engañaba a sí misma. Sabía que, si seguía haciendo el amor con Alexei todas las noches, se enamoraría de él. Y aunque estuviera equivocada y lograra mantener las distancias lo suficiente, estaba segura de que un hijo rompería su equilibrio emocional y sería completamente catastrófico para ella.

—Sí, el nuestro será un matrimonio de verdad, con todo lo que implica. Como rey, es obvio que debo tener herederos.

—Claro —dijo ella, casi sin habla.

Ria sacudió la cabeza. Desde su punto de vista, tener un hijo con Alexei sería mucho más que dar un heredero al país. Y su tristeza se convirtió en rabia cuando pensó que, para empeorarlo todo, su futuro marido ya estaba pensando en divorciarse de ella.

La sensación fue tan amarga que Ria estalló.

—¿Para qué quieres tener otro hijo?

Su voz sonó con más ira de la que realmente sentía. De hecho, ni siquiera estaba segura de que sintiera ira. No estaba segura de nada.

—¿Para qué lo quieres? —insistió—. ¿Para abandonarlo como hiciste con Belle?

—No lo abandonaría nunca —la interrumpió él.

Los ojos de Alexei se volvieron translúcidos como el hierro fundido, pero fríos como el hielo. Ria se dijo que había cometido un error. En aquel asunto había algo que ella no alcanzaba a comprender. Pero, fuera lo que fuera, la expresión de Alexei no admitía dudas; se había adentrado en un terreno sumamente peligroso.

—Jamás lo abandonaría —repitió él con brusquedad—. Ese niño sería demasiado importante, demasiado...

Alexei dejó la frase sin terminar, y ella no supo lo que había querido decir. ¿Se refería a que sería muy importante para él? ¿O solo muy importante para sus conveniencias políticas y para el futuro de la propia monarquía de Mecjoria?

—Recibiría cuidados permanentes. Recibiría todo el cariño del mundo y toda la atención —continuó al cabo de unos segundos.

—¿Porque sería el heredero que necesitas?

Él sacudió la cabeza.

—No. Porque tú serías su madre y cuidarías de él.

Ella se quedó helada.

—Ah, así que ese es el papel que me has reservado. De yegua, para tener tus crías y cuidarlas —le recriminó.

Los ojos de Alexei se volvieron aún más fríos y más duros. Ria se preguntó por qué. A fin de cuentas, se había limitado a constatar un hecho, que la quería como madre y protectora de sus hijos.

–¿Es que no te gusta el papel de madre? –preguntó, bajando la voz–. ¿Crees que Ivan te habría ofrecido otra cosa?

–Creo que Ivan y tú sois iguales. Que los dos me habríais utilizado y utilizaríais a cualquiera con tal de conseguir lo que queréis. Pero no te preocupes por mí. Cumpliré con mi deber –declaró, mortalmente seria–. A fin de cuentas, no me queda más opción. Supongo que ya has conseguido todo lo que querías.

Él frunció el ceño.

–¿Que ya he conseguido lo que quería? ¿Se puede saber de qué diablos estás hablando?

Ria se encogió de hombros.

–Hemos hecho el amor una y otra vez durante los últimos días, y en todos los casos hemos usado preservativos. En todos, menos en uno... el primero –le recordó–. Es posible que ya esté embarazada de ti, y que dentro de nueve meses te dé un heredero. Entonces, tendrás todo lo que quieres. Y yo me podré ir.

–¿Te irías? ¿Serías capaz de irte y abandonar a tu propio hijo? ¿De dejarlo al cuidado de otro para que lo convierta en príncipe o princesa de Mecjoria?

A Ria le pareció indignante que le echara eso en cara cuando su hija había muerto, aparentemente, porque él la había abandonado.

–No, supongo que no sería capaz. Pero ¿por qué lo preguntas? Lo sabes de sobra. Me conoces y sabes que, diga lo que diga, no me marcharé si tengo un niño del que cuidar. Me has tendido una trampa y he caído en ella como una tonta.

Alexei se quedó blanco como la nieve. Ria no lo había visto nunca tan pálido. Apretó los dientes con fuerza, como haciendo un esfuerzo por mantener el control, y ella se estremeció al pensar en lo que diría a continuación.

Pero él no echó más leña al fuego. Guardó silencio hasta que la alarma de su teléfono móvil, que estaba encima de la mesita de noche, empezó a sonar. Entonces, alcanzó el aparato, apagó la alarma y dijo:

—Me tengo que ir. El deber me llama.

Momentos después, salió de la habitación dando un portazo.

Ella se quedó en la cama, sin más ropa que la sábana que la cubría parcialmente. Consideró la posibilidad de seguir a su futuro esposo, pero habría tenido que hablar con Henri o con el soldado que estuviera de guardia aquella noche en la entrada.

Y no se sentía con fuerzas.

Su batalla dialéctica la había dejado completamente derrotada. No pudo hacer otra cosa que tumbarse y quedarse mirando al techo, mientras las lágrimas resbalaban por sus mejillas y empapaban la almohada.

Capítulo 12

RIA estaba delante del espejo. Llevaba tanto tiempo allí, completamente inmóvil y sumida en sus pensamientos, que ni siquiera se había dado cuenta de que se había quedado mirando su propia imagen.

Por fin, parpadeó varias veces en un intento por aclararse las ideas, pero no lo consiguió. Además, no podía hacer gran cosa. Estaba metida hasta el cuello en su relación con Alexei, lo cual significaba que también lo estaría en su matrimonio. Estaba condenada a ser su reina, su amante y la madre de sus hijos, pero ocupando un espacio secundario en su vida y en su corazón.

Deprimida, se llevó una mano al collar de diamantes que le habían llevado a la suite minutos antes, junto con unos pendientes a juego. Junto al regalo había una nota de Alexei, donde le pedía que se los pusiera aquella noche.

Ria jugueteó tan nerviosamente con él que estuvo a punto de romperlo. Estaba visto que Alexei no necesitaba la ayuda de nadie. Se había acostumbrado a dar órdenes a diestro y siniestro, a todo el mundo, como un verdadero dictador.

Hasta acarició la idea de romper el collar a propósito.

Justo entonces, se acordó de la conversación que habían mantenido días antes, cuando él le preguntó si no le gustaban los regalos que le enviaba. ¿Lo había dicho con inseguridad? ¿O eran imaginaciones suyas? En cualquier caso, se sintió ofendida al recordar las palabras que Alexei añadió a continuación: que siempre había pensado que a las mujeres les gustaban las flores y las joyas.

Quizá fuera cierto en lo tocante a otras mujeres, pero ella era distinta. Necesitaba mucho más que unos cuantos regalos.

Sacudió la cabeza y se dijo que se había dejado arrastrar a una situación que le podía salir muy cara. Su relación con Alexei se parecía demasiado a la que había soñado en otros tiempos. Pero también se dijo que no era el momento más adecuado para abandonarse a las lágrimas; si empezaba a llorar, destrozaría el exquisito trabajo de la maquilladora que había pasado por allí una hora antes.

En cuanto a su expresión, esperaba que la máscara de seda, adornada con perlas y cristales, ocultara la tristeza que sentía.

Ria estaba a punto de salir de la habitación cuando tropezó con un objeto. Bajó la mirada y vio que era una cartera de hombre; una cartera de cuero marrón, tan vieja como desgastada, que parecía completamente fuera de lugar en un palacio.

Supuso que sería de Alexei y que se le habría caído durante su visita del día, cuando entró en la suite, lanzó la chaqueta a la silla y, acto seguido, se acercó a ella y la besó con la misma pasión de siempre. Ria no había observado que se le cayera nada, pero tampoco tenía nada de particular, porque el beso se convirtió rápidamente en otra cosa y terminaron en la cama, haciendo el amor.

Se inclinó, la recogió e, incapaz de contenerse, examinó su contenido.

Casi todo era bastante normal; tarjetas de crédito y algunos extractos bancarios. Pero, en uno de los pequeños compartimentos, encontró una fotografía que la dejó perpleja. Era de un bebé de apenas unas semanas; una criatura preciosa de grandes ojos oscuros y cabello negro.

Ria supo que se trataba de Belle, Isabelle, la hija que había llegado a la vida de Alexei en mitad de un escándalo y que había fallecido poco después, completamente sola, porque su padre estaba borracho y se había olvidado de ella.

Se enfureció tanto al pensarlo que cerró los ojos con fuerza como si así pudiera borrar la imagen; pero, cuando los volvió a abrir, la fotografía seguía en su mano.

Y seguía contando la misma historia.

Había visto muchas fotos de Alexei en periódicos y revistas, sin contar las que hacía él mismo. Pero esa era distinta a las demás; era una fotografía espontánea, sacada en el calor del momento, sin más intención que la de captar la encantadora sonrisa de una niña pequeña. Se notaba que había alcanzado la cámara a toda prisa y que, como resultado, había obtenido algo verdaderamente especial.

La imagen hablaba de la felicidad de un bebé;

pero, sobre todo, hablaba de la felicidad de su orgulloso padre.

Ria se acordó del niño que Alexei había tomado cariñosamente en brazos, durante la inauguración del hospital infantil; y, al recordar el suceso, se acordó también de las terribles palabras que ella le había dedicado en Londres, convencida de que la prensa decía la verdad y de que, efectivamente, Belle había muerto por culpa de su dejadez.

Lo había juzgado y condenado sin concederle el beneficio de la duda. Ni siquiera le había prestado atención cuando declaró con tristeza que, aunque él tuviera otra versión de los hechos, aunque las cosas no hubieran pasado como se había dicho, nadie lo creería.

Qué diferentes le parecieron ahora sus palabras. Entonces, estaba tan enfadada que no se dio cuenta de que estaban llenas de desesperación. Había sido terriblemente injusta con él; tanto que no supo si tendría fuerzas para mirarlo a la cara.

—¿Ria?

Ria se sobresaltó al oír su nombre, pronunciado desde el otro lado de la puerta. Era Alexei. ¿Qué estaría haciendo allí?

—Adelante.

Alexei entró en la suite, tan imponente como de costumbre e incluso más atractivo. Llevaba un esmoquin precioso y una máscara de seda negra tras cuyas aberturas brillaban unos ojos del mismo color. Estaba realmente forrmidable. Ya no era el chico que había sido, sino un rey y un hombre que, además de haber asumido su destino al frente de Mecjoria, era su amante y su futuro esposo.

–Estás preciosa.

Alexei le acarició el cuerpo con la mirada, pasando sobre todas y cada una de sus curvas, enfundadas en el vestido blanco. Su comentario se había quedado corto. Ria le inspiraba pensamientos tan carnales que apenas podía refrenar el deseo. Además, la máscara de perlas y cristales enfatizaba el color de sus ojos y le daba un aspecto más refinado, como de un personaje del carnaval de Venecia.

–Tú tampoco estás mal. *Madame* Herone estaría orgullosa de ti.

A Alexei le sorprendió un poco el tono de voz de Ria, enormemente más cariñoso que de costumbre. Pero la tomó de la mano y la observó con más atención.

El largo vestido sin mangas dejaba al descubierto las suaves líneas de sus hombros y, por supuesto, la perfección de su cuello. Le costó creer que, apenas unas horas antes, hubiera besado aquel cuello y se hubiera deslizado lentamente hacia la tentación de sus pechos. Cuando pensó en la textura de sus pezones, se excitó tanto que casi le resultó doloroso.

Era su estado habitual. Se había convertido en un adicto a Ria, y evitaba o retrasaba reuniones oficiales, encuentros con diplomáticos y debates gubernamentales para estar más tiempo con la mujer que lo obsesionaba. No podía pensar en otra cosa. Si estaba con ella, pensaba en ella; si estaba lejos, pensaba en volver con ella. No tenía más objetivo que entrar una vez más en su cuerpo.

Y sabía que Ria sentía lo mismo.

Su futura esposa se mostraba tan apasionada como

él. Aceptaba sus besos y sus caricias y se los devolvía con más ardor; se ofrecía constantemente, sin contención alguna, y hasta lo asaltaba en mitad de la noche, cuando Alexei creía que ya estaba agotada, para que le hiciera el amor otra vez.

Pero ya no podía pensar en esos términos. Había dado vueltas y más vueltas a la conversación que habían mantenido por la mañana y había llegado a una conclusión; a la única conclusión posible.

Tenía que decirle la verdad.

—Quiero hablar contigo, Ria.

Ria se estremeció al oír las palabras de Alexei. Incluso se preguntó cómo era posible que una frase tan aparentemente inocente sonara tan inquietante.

—¿Hablar? ¿Ahora?

—Sí, ahora.

—Pero dijimos que nos encontraríamos en uno de los salones de abajo y que, después, iríamos juntos al baile —le recordó.

Alexei asintió.

—Lo sé, lo sé... pero esto no puede esperar. Es importante que hable contigo antes de que bajemos.

—Está bien, como quieras.

Ella respiró hondo y se abanicó la cara con la mano, sintiendo un súbito calor. No supo por qué, pero se acordó de la fotografía que había encontrado en su cartera; y no se llevó ninguna sorpresa cuando él dijo:

—Se trata de Belle.

Ria sacudió la cabeza.

–Sé que no fue culpa tuya, Alexei –declaró en voz baja–. Sé que habrías sido incapaz de hacer daño a tu hija.

–No, no fue culpa mía –dijo él con toda tranquilidad–. Los médicos dijeron que son cosas que pasan, pero, si alguien hubiera estado a su lado...

–¿Mariette no estaba con ella?

Él suspiró.

–Por supuesto que sí –contestó–. Desgraciadamente, Mariette no se encontraba en condiciones de cuidar de nadie. Había caído en una depresión... bebía demasiado y tomaba demasiadas pastillas. Además, aquel día habíamos mantenido una discusión muy fuerte. Ella me amenazó con abandonarme y yo me fui con intención de beber hasta perder el sentido.

Ria lo dejó hablar.

–Ni siquiera me emborraché. De repente, tuve la sensación de que pasaba algo malo. Volví rápidamente a la casa e intenté entrar, pero Mariette había cerrado por dentro y no me abrió por mucho que grité. Tardé un poco, pero al final eché la puerta abajo y entré en la casa... Nunca olvidaré lo que vi entonces. Mariette estaba tendida en el suelo, inconsciente por las pastillas, y Belle yacía muerta en la cuna.

Ria se acercó a él y lo tomó de la mano.

–No lo entiendo –dijo ella, con voz temblorosa–. Todo el mundo pensó que tú...

–Sí, ya sé lo que pensaron –declaró él, sin más.

–Oh, Dios mío... Asumiste la responsabilidad para que no culparan a Mariette.

–En efecto.

–Pero ¿por qué? ¿Tanto la querías?

—¿A Mariette?

—Sí, claro.

Alexei sacudió la cabeza.

—No, nuestro amor había muerto tiempo atrás. Solo estábamos juntos porque creímos que sería lo mejor para Belle.

Él se quitó la máscara y se pasó una mano por la frente. Su rostro era la viva imagen de la tristeza.

—Asumí la responsabilidad porque yo era más fuerte que Mariette y porque ella ya tenía demasiados demonios a los que enfrentarse. La pobre Mariette ni siquiera quería ser madre; cuando se quedó embarazada, consideró la posibilidad de abortar, pero yo la presioné tanto que, al final, no abortó. Aquel embarazo le costó una depresión tan terrible que la tuvieron que hospitalizar.

—Comprendo.

—Pensé que ya le había hecho demasiado daño. Estaba completamente hundida. Lo último que necesitaba era una horda de paparazis que la siguieran a todas partes, acusándola de la muerte de su propia hija —le explicó.

En los labios de Alexei se dibujó una sonrisa tan llena de pesadumbre que a Ria se le partió el corazón. Definitivamente, había sido muy injusta con él. Lejos de ser responsable de la muerte de su hija, había asumido la culpa como un perfecto caballero.

—Yo adoraba a esa niña, ¿sabes?

—Sí, lo sé.

Él la miró a los ojos.

—¿Me crees entonces?

Ella asintió lentamente, emocionada.

–Por supuesto que te creo. Tú no tuviste la culpa.

Alexei cerró los ojos durante unos momentos y dijo:

–Gracias.

Ria volvió a pensar en la imagen de la pequeña Belle, la que había encontrado en la cartera de Alexei. El hecho de que la llevara encima, después de tanto tiempo, demostraba lo mucho que la había querido; pero la expresión de sus ojos y el sonido triste de su voz eran inmensamente más explícitos.

Solo entonces se preguntó por qué le habría contado la verdad. ¿Significaba eso que la consideraba algo más que un instrumento político y una amante con quien pasar sus noches? Habría dado cualquier cosa por creerlo, pero no se atrevió.

Abajo, en el gigantesco salón del palacio, uno de los empleados golpeó el gran gong dorado para anunciar que el baile empezaría en pocos momentos. Ria pensó que tendrían que dejar su conversación para más tarde y lamentó que sus obligaciones interrumpieran siempre sus momentos más íntimos. Alexei también debió de darse cuenta, porque se pasó una mano por el pelo y declaró:

–El baile tendrá que esperar. Aún no he dicho todo lo que te tengo que decir.

Ria guardó silencio, con el corazón en un puño. Alexei vio sus ojos empañados y se dijo que, si rompía a llorar, estropearía el maquillaje que indudablemente llevaba bajo la preciosa máscara blanca.

Pero tenía que aclarar las cosas.

–Esto no va a funcionar.

–¿Cómo? –dijo ella–. ¿A qué te refieres?

–A todo. A nuestra boda, al hecho de que seas mi reina... a todo.

–No lo entiendo, Alexei. Ya hemos anunciado nuestro compromiso. Te recuerdo que esta noche...

–Sí, ya lo sé –la interrumpió–. Esta noche nos enfrentaremos a la corte, a la aristocracia y al cuerpo diplomático. Daremos el primer paso hacia la conclusión natural de todo este maldito asunto.

Alexei se maldijo para sus adentros. Estaban a punto de presentarse al mundo como rey y reina, como el futuro de Mecjoria. Y ese era el problema; un problema que no había dejado de crecer en su interior desde la discusión que habían mantenido por la mañana. ¿Existía alguna posibilidad de que aquella maravillosa mujer y él pudieran ser algo más que amantes? ¿Podían albergar la esperanza de ser una familia?

Una familia. El deseo de tener su propia familia era tan abrumador que ni siquiera se atrevía a pensar en ello.

Siempre lo había deseado. Por eso había vuelto a Mecjoria la primera vez, pero su padre falleció y, tras su muerte, los condenaron al exilio. Por eso había presionado a Mariette para que no abortara. Por eso se había enamorado perdidamente de su hija en cuanto la vio.

Pensó en las duras acusaciones que Honoria le había lanzado por la mañana y en el dolor que le habían causado. No se había ido de la habitación porque tuviera cosas que hacer, sino porque ya no tenía fuerzas. E incluso ahora, cuando ya le había dicho la verdad, cuando Ria le había asegurado que lo creía, era consciente de que no la podía condenar a ser su esposa. Se merecía algo mejor que él.

Al fin y al cabo, nadie podía negar que le había tendido una trampa para que no tuviera más remedio que casarse con él. En su momento, le había parecido que estaba justificado; era obvio que el país se beneficiaría de su relación, pero también lo era que Ria no se había prestado a ese matrimonio por voluntad propia.

Además, ¿quería estar casado con una mujer que le marcaría las distancias todo el tiempo, excepto en la cama? ¿Una reina que estaría tan tensa a su lado como si estuviera a punto de romperse en mil pedazos? ¿Una persona que, al igual que su madre, sería un simple peón en el juego político de la corte?

Alexei era consciente de que había arrastrado a Mariette a una situación que terminó de forma catastrófica, con una tragedia. Y no estaba dispuesto a cometer un error parecido con Honoria Escalona.

—Dime una cosa, Ria ¿Habrías aceptado mi oferta de matrimonio si no lo hubiera puesto como condición para aceptar el trono?

Ella tragó saliva.

—Yo...

—Dime la verdad, te lo ruego. ¿La habrías aceptado si yo no te lo hubiera pedido? —insistió Alexei.

—¿Pedido? No fue una petición, fue una orden.

Ria lo dijo con una voz tan sarcástica que se preguntó si esas palabras habían salido realmente de su boca. Y se maldijo a sí misma por esconderse otra vez tras una máscara de displicencia para ocultar sus verdaderos sentimientos.

Lamentablemente, no se sentía capaz de expresar-los. Sabía lo que Alexei le iba a decir, y deseaba con toda su alma que no lo dijera, que discutiera con ella, que le llevara la contraria, que le diera la excusa que necesitaba para seguir adelante con su relación sin tener que confesarle lo que sentía por él.

Pero Alexei no se lo discutió. Dio por buenas sus palabras, asintió ligeramente y dijo:

—Comprendo. No tuviste más opción que aceptar.

Ella no dijo nada.

—Bueno, ahora te voy a dar esa opción —continuó él—. Me equivoqué al pedirte que te casaras conmigo. No tenía derecho. A decir verdad, podría haber afianzado mi posición en la corte sin necesidad de que nos comprometiéramos. Pero no te preocupes... Nuestro compromiso está roto. Vuelves a ser libre.

Ria tuvo la sensación de que la sala había empezado a dar vueltas a su alrededor. Cerró los ojos, respiró hondo y pensó que, si lo que estaba sintiendo era la libertad, prefería ser esclava hasta el fin de sus días.

—Libre... —acertó a decir.

—Sí.

—¿Desde esta misma noche? ¿A partir de ahora?

Alexei asintió y Ria pensó que tenía una habilidad verdaderamente extraordinaria: la de decir las cosas más terribles como si le estuviera ofreciendo lo que ella quería.

Lo miró a los ojos y supo que estaba hablando muy en serio.

—Pero ¿qué va a pasar con...?

El gong sonó por segunda vez. Alexei sacudió la cabeza y, como si el sonido lo hubiera despertado, declaró:

—Oh, ¿cómo he podido ser tan estúpido? Lo siento, Ria. Tenía intención de hablar contigo después del baile, pero... no sé, supongo que era demasiado importante para mí. Y ahora, los invitados nos están esperando.

—¿Por qué, Alexei? ¿Por qué querías esperar hasta después del baile?

Ria no pudo preguntar otra cosa. Estaba tan deprimida por el hecho de que quisiera librarse de ella, de que pretendiera romper su compromiso, que se aferró a un detalle aparentemente sin importancia.

Alexei la miró con tanta ternura que, de no haber sido por la tensión de su rostro, ella habría pensado que se encontraba ante el mismo adolescente del que se había encaprichado diez años atrás.

—Porque era tu sueño.

—¿Mi sueño?

—Sí, el baile. Siempre quisiste asistir al baile de máscaras del palacio.

Ella se quedó boquiabierta.

—Sé que practicaste día y noche con *madame* Herone para poder bailar cuando llegara el momento —prosiguió Alexei—. Simplemente, no quería destrozar tu sueño.

—Pero ¿qué pasará ahora?

Ria ni siquiera supo de dónde había sacado las fuerzas necesarias para poder hablar. Desde que Alexei le había anunciado que rompía su compromiso de matrimonio, había caído en un colapso casi absoluto.

–Esperaremos a que termine el baile y, a continuación, anunciaremos que has cambiado de idea y que ya no te quieres casar conmigo –contestó él.

–¿Que yo he cambiado de idea?

Ria se dijo que lo tenía todo bien pensado; pero, al menos, le dejaba una salida digna: la de ser ella quien rompiera la relación. Nadie podría decir que Alexei la había dejado plantada. Y, por otra parte, se había acordado de que siempre había querido ir al baile de disfraces.

No era mucho, desde luego; no precisamente en comparación con la vida de amor que había soñado. Pero era todo lo que iba a tener. Y decidió aceptarlo por el simple placer de pasar una noche más en su compañía; de asistir al baile y ser, durante un rato, la Cenicienta que había encontrado a su príncipe.

Sacó fuerzas de flaqueza y, tratando de que su voz sonara lo más tranquila y relajada posible, declaró:

–Está bien. Lo haremos así.

Si Alexei había decidido devolverle su libertad, ella le devolvería a cambio la suya. No se iba a rebajar a rogarle que siguiera a su lado. Su padre era un hombre lleno de defectos, pero le había enseñado a afrontarlo todo con dignidad, incluso la derrota.

Entonces, sonó el tercer y último gong.

–Vamos.

El descenso por la gran escalinata se le hizo interminable a Ria. Alexei le ofreció su brazo y ella lo aceptó porque tenía miedo de que las lágrimas que se habían empezado a formar en sus ojos le nublaran la visión y la hicieran tropezar y caer. Además, quería volver a sentir la fuerza de sus músculos, concederse el pequeño placer de actuar como si no pasara nada y de regalarse a sí misma un recuerdo bonito de lo que había habido entre ellos.

El lord camarlengo los estaba esperando al pie de la escalera. Guardaba silencio, pero Alexei y Ria supieron por su expresión que estaba preocupado por su retraso. A fin de cuentas, los estaban esperando.

—Alteza...

Alexei levantó una mano y dijo:

—Lo sé. Ya vamos.

Volvió a tomar a Ria del brazo y la llevó hacia las enormes puertas que daban acceso al gran salón de baile. Las brillantes lámparas de araña y las paredes de tonos dorados permanecían ocultas tras ellas, pero el ruido de las conversaciones y de los pasos en el suelo de mármol demostraban la inquietud de los alrededor de mil invitados que esperaban al rey y a su prometida.

—El deber nos llama —dijo él.

—Lo sé.

—¿Seguro que quieres pasar por esto?

Ria habló con la cabeza bien alta. Había conseguido recobrar la compostura y sus ojos ya no eran los de una mujer a punto de llorar.

—¿Es que tenemos elección? Ahora, Mecjoria es lo único que importa.

—En ese caso, empecemos de una vez.

Avanzaron hacia las enormes puertas, custodiadas por dos guardias que, al verlos, se dispusieron a abrir.

Y, entonces, de improviso, Alexei se detuvo y la miró.

—Eres toda una reina —dijo en voz baja.

Ria supo que lo había dicho con intención de halagarla y respondió con una sonrisa que, no obstante, llevaba la carga de la profunda decepción que sentía.

–Pero no seré tu reina –contestó.

Los guardias abrieron las puertas y los murmullos de la gente se volvieron súbitamente más altos. Alexei entró con ella en el salón de baile y, durante los minutos siguientes, se dedicaron a fingir por última vez que eran una pareja salida de un cuento de hadas.

Capítulo 13

EN OTRAS circunstancias, habría sido una noche mágica.

Todo lo que Ria se había imaginado sobre el baile de disfraces del palacio resultó ser realidad, pero una realidad más interesante que la de su imaginación. Una docena de lámparas de araña iluminaban el salón bellamente decorado y los trajes y vestidos de las damas y los caballeros. Alexei y ella habían optado por la sobriedad del blanco y negro, pero los demás llevaban ropas de todos los colores, que se reflejaban una y otra vez en los espejos de las paredes.

Ria pensó que la comida y el vino debían de estar deliciosos, pero no se encontraba con ganas de comer ni beber. Estaba atrapada entre la emoción de asistir al baile con el que siempre había soñado y la desesperación de saber que se encontraba con el hombre de su vida y que se separaría de él al final de la noche.

Desde el momento en que entraron en el salón de baile, se convirtieron en el centro de atención. Los periodistas los acribillaron con sus flashes durante muchos minutos, hasta el extremo de que Ria tardó un rato en volver a ver con claridad. Pero Alexei se mantuvo a su lado, apoyándola en silencio, hasta que recuperó la vista y las fuerzas necesarias para hablar con la legión de dignatarios.

Además, aquella noche no era como otras. Se suponía que iban a anunciar la fecha de su boda y, como teóricamente iba a ser reina, Ria tenía que mezclarse con los invitados y charlar con ellos por su cuenta, en demostración de que estaba preparada para el cargo. Alexei la miró con orgullo, como diciéndole que estaba seguro de que lo haría bien, y la dejó sola.

Cuando Alexei volvió, ella ni siquiera sabía cuánto tiempo había pasado. Por casualidad, se encontraba más o menos en el mismo sitio donde se habían separado, charlando con un par de personas. Giró la cabeza un momento y, sencillamente, se encontró ante él.

Alexei se excusó ante sus acompañantes, la miró y dijo con suavidad:

—¿Bailas conmigo?

—Por supuesto.

La tomó del brazo, la llevó a la pista y empezaron a bailar. Ria era tan feliz que creía estar flotando. Había hablado con tanta gente y durante tanto tiempo que no tenía fuerzas para decir nada, pero a Alexei no pareció importarle en absoluto; al igual que ella, estaba encantado con el silencio.

Ria pensó que, en cierto modo, había conseguido todo lo que se había propuesto. Mecjoria estaba a salvo; habían impedido que Ivan accediera al trono y lo iba a ocupar un hombre que se lo merecía, un hombre bueno y capaz que, por si eso fuera poco, también era el hombre del que estaba enamorada.

Pero sus pensamientos se detuvieron en seco al llegar al amor.

Por mucho que adorara a Alexei y por muy feliz

que estuviera entre sus brazos, su relación había llegado a un callejón sin salida.

De haber podido, le habría rogado que se quedara con ella, aunque fuera consciente de que sus sentimientos no eran recíprocos. Pero las manecillas del reloj se acercaban poco a poco y metafóricamente a la medianoche, cuando la Cenicienta tendría que abandonar al príncipe y marcharse a toda prisa.

Llevaban un buen rato juntos cuando Alexei le preguntó al oído, apretando la cabeza contra su cara:

—¿Te estás divirtiendo?

Ella asintió sin atreverse a mirarlo a los ojos. Tenía miedo de que, si lo miraba, perdiera el aplomo y se derrumbara allí mismo, delante de todos los invitados.

Alexei notó que le pasaba algo raro y se maldijo por haberle hecho una pregunta tan estúpida. ¿Cómo se iba a divertir? Era su última noche. Pero había estado tanto tiempo charlando con aristócratas y políticos nacionales y extranjeros que empezaba a repetir las mismas frases puramente educadas que utilizaba con ellos.

Frases que no eran para Honoria Escalona. No para la mujer que se encontraba entre sus brazos y que, probablemente, al final de la velada, se alejaría de él y seguiría adelante con su vida, libre al fin.

La miró de nuevo y pensó que estaba bellísima. Era una fantasía hecha realidad. Y no solo eso; también era la mujer que había estado a su lado, apoyándolo, durante muchas semanas, haciendo que sus primeros días como rey resultaran muy fáciles.

Sin embargo, no la podía forzar a contraer matrimonio contra su voluntad. Al principio, había pensado que sería una forma perfecta de vengarse de ella y de su familia. Luego, había pensado que era una forma perfecta de seguir gozando de sus días y de sus noches en la cama. Pero encadenarla a un matrimonio que no deseaba habría sido como encerrar a un precioso y exótico animal en una jaula.

La cautividad la habría matado. Y no soportaba esa idea, así que solo podía hacer una cosa: devolverle la libertad.

Por suerte, aún tenían tiempo por delante; el necesario para bailar un poco más y, tal vez, para besarla de nuevo. A pesar de sí mismo, la abrazó con más fuerza y aspiró su dulce aroma. De inmediato, se sintió dominado por un deseo que, como bien sabía, lo iba a mantener muchas noches despierto, sumido en la frustración. Porque a medianoche, cuando se rompiera el hechizo, Ria dejaría de ser suya.

«Suya».

Saboreó la palabra en su pensamiento y se dijo que, en realidad, nunca había sido suya. Por eso habían llegado a aquella situación.

Justo entonces, se dio cuenta de que no podía dejarla ir.

Y justo entonces, oyó un ruido como de un enjambre lejano que se acercaba lentamente. Pero no era ningún enjambre, sino el sonido de las voces de los invitados, que volvían a formar un murmullo porque la música se había detenido.

—Oh, no —dijo él—. Aún no, es demasiado pronto.

La gente se empezó a apartar a su alrededor. Alexei no supo por qué repetían el apellido de Ria hasta que alguien dijo con toda claridad:

–Son Gregor Escalona y su esposa.

Él se puso tan tenso que apretó la mano de Ria con demasiada fuerza. Ella no se había dado cuenta de lo que pasaba; estaba tan sumida en sus pensamientos que ni lo había notado. Pero, al sentir su presión, lo miró a los ojos y dijo, sencillamente:

–Alexei...

En ese momento, Ria vio a sus padres. Él estaba más pálido y delgado que nunca, aunque no tan pálido ni tan delgado como Elizabetta, que se aferraba a su brazo como si lo necesitara para mantener el equilibrio y no derrumbarse en el suelo.

Ria pensó que aquello no podía ser real, que era imposible, que su padre seguía en una cárcel de Mecjoria, esperando a que ella se casara con Alexei y él lo liberara.

Pero no se iban a casar.

–Ria...

Ella sacudió la cabeza. Definitivamente, no se lo podía creer. ¿Qué demonios estaba pasando? ¿Qué hacía su padre en el baile de disfraces?

–Ria, mírame.

Ria lo miró. Alexei había adoptado una expresión tan increíblemente severa que, un segundo después, cuando alzó una mano, la gente guardó silencio al unísono, obedeciendo una orden que ni siquiera había llegado a pronunciar.

Lanzó una mirada furiosa a Gregor y caminó hacia él sin soltar a Ria, que se vio obligada a acompañarlo.

Ria abrió la boca para rogarle que no lo hiciera,

que no se enfrentara a su padre delante de todo el mundo, pero no encontró las palabras. Después, quiso soltarse, salir corriendo y esconderse en algún lugar, pero Alexei la agarraba con tanta fuerza que no le fue posible.

Entonces, la miró a los ojos a través de su máscara negra y dijo algo que la dejó completamente sorprendida:

—Ria, no quiero que esta sea nuestra última vez. Quiero que tu familia y que todo el país sepan que deseo que seas mi reina, que no seré rey si no estás a mi lado.

—No...

Ria no pudo decir nada más.

—¿Quieres casarte conmigo? —preguntó él.

Ria miró a su alrededor, confundida. Uno de los guardias les había cerrado el paso a sus padres e impedía que se acercaran más, pero los dos la estaban mirando con una curiosidad que sus máscaras apenas ocultaban. Y a su lado, pegado a ella, Alexei esperaba la respuesta a una pregunta que no esperaba oír.

Alexei, el hombre del que estaba enamorada, el hombre con quien se quería casar.

Pero no así. No de esa manera. No después de haberle dicho que iba a romper su compromiso matrimonial, que todo había terminado.

En su desconfianza, pensó que había cambiado de opinión y que esperaba una declaración pública de amor porque le parecía lo más conveniente para sus intereses. Sobre todo, en presencia de Gregor y de su esposa.

Sin embargo, tenía que decir algo.

Le había presentado un ultimátum delante de todo el mundo y ella tenía que aceptarlo o rechazarlo delante de todo el mundo.

Desde que habían llegado al salón de baile, Ria no había dejado de pensar en lo mucho que lo iba a echar de menos. Pero ¿qué futuro podía tener con una persona capaz de someterla a semejante prueba delante de la corte? ¿Quién sino un canalla llegaría al extremo de humillarla de ese modo?

Con el corazón en un puño, y sin atreverse a mirar a Alexei, exclamó:

—¡No! ¡No me casaré contigo! ¡No seré tuya!

Capítulo 14

NO ME casaré contigo.

Las palabras de Ria resonaron en la mente de Alexei, que no se podía creer que le hubiera dado esa respuesta.

–¿Cómo?

Contempló su rostro indignado, su orgullosa barbilla, sus ojos verdes inflamados de ira. El silencio rotundo de los invitados multiplicaba la angustia de su propio silencio y confusión, de los que era, en alguna medida, reflejo.

Estaba tan seguro de que aceptaría su ofrecimiento, tan convencido de que lo podía arreglar todo de una vez por todas, que se había dejado llevar por el entusiasmo y se lo había planteado de la peor forma posible.

Obviamente, Ria se había sentido atrapada y se había rebelado contra él.

–Ria, ¿qué diablos...?

Ria lo miró con rabia.

–Puede que seas rey, y puede que te creas con derecho a dar órdenes a todo el mundo, pero créeme cuando te digo que no tienes poder sobre el corazón de la gente –declaró con vehemencia–. No puedes dictar mis pensamientos. No me puedes obligar a sentir de una u otra forma. No me forzarás a...

Aquello fue demasiado para Alexei.

—¿Forzar? Yo no te he forzado a nada.

Ria ni siquiera le escuchó. Estaba demasiado indignada.

—¿Crees que haré todo lo que me digas como si no fuera más que un súbdito sin derechos? ¿Que me limitaré a inclinar la cabeza y acatar tus deseos?

Mientras hablaba, Ria le dedicó una socarrona reverencia. Alexei se dijo que debía sentirse ofendido; pero, al verla inclinarse, se acordó de la noche en que se presentó de improviso en sus habitaciones y se excitó tanto que tuvo que hacer un esfuerzo para no perder la compostura en una situación tan difícil.

—Sí, es posible que me puedas obligar a casarme contigo —insistió ella—, pero no tienes ningún poder sobre mi corazón. ¡No me puedes obligar a amarte!

Alexei se quedó perplejo.

¿Amarlo? ¿Por qué le echaba en cara eso? No tenía sentido que hablara de amor. A no ser que estuviera enamorada de él.

—¿Quién ha dicho nada de amor, Ria? —replicó.

Ria guardó silencio y se mordió el labio inferior de una forma tan encantadora que a Alexei le pareció más bella que nunca.

Sin embargo, no podían mantener esa conversación delante de todo el mundo. Durante unos instantes, consideró la posibilidad de tomarla de la mano y llevársela a la terraza o a los jardines del palacio; pero por la expresión de Ria, Alexei supo que se resistiría a él con todas sus fuerzas y que daría bastante más que hablar a los cientos de invitados que habían sido testigos de toda la escena.

Solo había una solución. Y la impuso a su modo, con la firmeza de un rey:

—¡Fuera todo el mundo! ¡Ahora mismo!

Mientras los invitados salían a toda prisa del salón de baile, Alexei pensó con humor que lo de ser rey le acabaría por gustar. Desgraciadamente, eran tantos que tardaron varios minutos en vaciar la sala y cerrar las puertas.

Varios minutos que se le hicieron eternos.

Sin embargo, Ria no había hecho ademán de querer seguir a los desconcertados dignatarios de Mecjoria. Se había quedado con él, y eso era una buena señal.

Ahora, solo tenía que decir algo que no la enfadara más ni la hiciera huir a toda prisa. Y, aunque no las tenía todas consigo, creía saber por dónde empezar: por la palabra que se le había quedado grabada en la cabeza.

—¿Amor? —preguntó—. ¿Has dicho «amor»?

Ria se ruborizó. Tenía la impresión de haber cometido el mayor error de toda su vida, y delante de todo el mundo.

—¡No me puedes obligar a amar! —exclamó, tan desafiante como desesperada.

Alexei la sorprendió al no reaccionar con la frialdad que esperaba; de hecho, su voz sonó extrañamente baja y casi dulce.

—Ni puedo ni lo intentaría. Tienes razón, nadie puede obligar a nadie a amar.

Su declaración casi la dejó sin palabras. ¿Qué podía decir? No lo sabía, así que volvió a su argumento inicial.

—Tú lo has intentado. Has querido obligarme.

—¿Eso es lo que crees que he hecho?

Alexei se pasó una mano por el pelo y se descolocó la máscara al rozarla. En lugar de ponérsela bien, se la quitó y la tiró al suelo.

—No, Ria, estás muy equivocada. Solo te estaba ofreciendo que te casaras conmigo. En realidad, nunca te lo ofrecí formalmente... nos limitamos a llegar a un acuerdo.

Ella no salía de su asombro. Al parecer, había malinterpretado gravemente sus palabras. El hombre que había estado tan convencido de que Mecjoria no lo querría, de que la aristocracia lo rechazaría como lo había rechazado años antes, se había arriesgado a ofrecerle el matrimonio delante de todo el mundo. Se había arriesgado y había puesto en peligro su imagen, su orgullo, su dignidad.

¿Y qué había hecho ella? Arrojarle su ofrecimiento a la cara.

—Cuando te dije que nuestro compromiso quedaba roto, solo intentaba devolverte tu libertad. Sé que no te puedo obligar a que te cases conmigo, y te aseguro que no sería capaz de condenarte a semejante trampa, ni siquiera por el bien del país. Tenía que dejarte ir, aunque quiera que te quedes. No te puedo imponer esas condiciones... ninguna condición.

—¿Y qué has hecho hace un momento, sino imponerme condiciones?

—¿Eso es lo que crees que ha pasado? —preguntó él con suavidad.

Ria se le quedó mirando a los ojos.

—Pero mi padre...

—Tu padre ha venido a la fiesta en calidad de hombre libre. ¿Has visto que llevara grilletes? ¿Has visto alguna escolta armada?

Ella sacudió la cabeza.

—No. Pero ¿qué hace aquí?

—He querido devolverte a tu familia. Sé lo que se siente cuando la pierdes.

Ria asintió. Alexei había perdido a su familia dos veces. Primero, cuando regresó a Mecjoria por primera vez y tuvo la desgracia de que su padre falleciera, de que pusieran en duda el matrimonio de sus progenitores y, por último, de que lo enviaran al exilio. Después, cuando Mariette se hundió y Belle falleció en su cuna.

Ahora sabía que estaba hablando en serio, que solo había querido devolverle su libertad y a sus padres.

—No estoy segura de que mi padre se merezca tu clemencia —dijo con cuidado—. Actuó contra ti, se confabuló contra tus intereses...

—No te preocupes por eso. Estaré al tanto de lo que haga —le aseguró—. Si se atreve a meterse otra vez en tus asuntos, se las tendrá que ver conmigo. Pero no creo que lo intente, porque eres perfectamente capaz de enfrentarte a él. Además, creo que su miedo a perder a tu madre ha sido suficiente castigo. El amor hace esas cosas.

—¿El amor? —preguntó ella.

—Sí. Yo lo sé mejor que nadie.

—¿Lo dices por Belle?

Alexei asintió en silencio. La miraba tan fijamente que Ria no podía adivinar lo que estaba pensando.

–Su muerte me partió el corazón –continuó él–. Nunca pensé que me volvería a sentir así; pero esta mañana, cuando me dijiste que te sentías atrapada, me di cuenta de que, si te obligaba a casarte conmigo, te perdería... aunque fuera por el bien del país. Y porque te deseo.

–Yo también te deseo, Alexei. Siempre te he deseado.

Alexei le rodeó la cara con las manos.

–Perdóname por lo de esta noche. Quería dejarte ir, pero no he podido. Así que te he declarado mi amor delante de todo el mundo por si...

Ella le puso un dedo sobre los labios y dijo:

–¿Tu amor?

Él volvió a asentir.

–Sí, mi amor. Porque te amo con todo mi corazón, con el mismo corazón que creí muerto cuando perdí a mi hija. Pero tú le has devuelto la vida, me has devuelto la vida.

–Oh, Alexei...

–Sin embargo, no quiero que te quedes conmigo si no lo deseas. Eres libre de hacer lo que mejor te parezca, libre de...

Ria volvió a interrumpir a Alexei; pero esa vez no fue con un dedo en los labios, sino con un beso lleno de pasión.

–Yo no me quiero ir –dijo contra su boca–. Quiero estar aquí, contigo.

Él cerró los ojos en respuesta a sus palabras y suspiró. Ella habló de nuevo, pero en voz más alta que antes.

–Te amo, Alexei.

–Y yo a ti. Más de lo que sería capaz de expresar.

Ella no tuvo la menor duda al respecto. Lo notaba en su tono de voz, en el ligero temblor de sus manos, en el destello de sus ojos, en la curva de sus labios, en todos y cada uno de los músculos de su cara.

Le estaba diciendo la verdad, la pura verdad. Y su corazón se inflamó de alegría.

–¿Podemos empezar de nuevo? –le preguntó en un susurro–. Es decir, si tu propuesta sigue en pie...

–Por supuesto que sí.

–En ese caso, te acepto libremente y con todo mi amor. Quiero casarme contigo y vivir contigo hasta el fin de mis días.

Alexei la tomó entre sus brazos y la besó con toda la pasión que llevaba dentro. Ella se aferró a él y respondió del mismo modo, a sabiendas de que sería leal a su declaración de amor y de que permanecería siempre a su lado.

Al cabo de unos momentos, oyeron un ruido procedente del exterior y se acordaron de que la gente seguía fuera. Mil invitados, esperando a saber si Honoria Escalona aceptaba o rechazaba la oferta de matrimonio del rey.

Alexei miró las enormes puertas, la miró a ella y sonrió con picardía.

–Creo que nuestros invitados se están impacientando. Será mejor que los dejemos pasar y que les demos la buena noticia.

Ria asintió.

–Sí, supongo que sí.

–Sin embargo, esta solo será la celebración oficial. Ya tendremos ocasión de celebrarlo en privado más tarde, cuando nos quedemos a solas –puntualizó Alexei–. Y te prometo que haré que te sientas extraordinariamente especial.

Por su tono de voz y por la forma en que aún la abrazaba, como negándose a romper el contacto, aunque solo fuera durante un segundo, Ria supo que la promesa de Alexei no se limitaba a aquella noche. Era una promesa de por vida.

Bianca

¿Por qué no era capaz de salir del camino
que llevaba directamente a una colisión con él?

El guapísimo empresario
Benjamin De Silva estaba
acostumbrado a ir en el
asiento del conductor, pero,
cuando se vio en la necesidad de contratar a un chó-
fer, la bella y directa Jess
Murphy le demostró que,
en ocasiones, ir de copiloto
podía resultar igual de pla-
centero.

A Jess no le impresionaba
su riqueza, pero cada vez
que miraba por el espejo
retrovisor le entraban ganas de saltar al asiento de
atrás y someterse a todos
los deseos de Benjamin. La
reciente OPA de Ben la había dejado sin trabajo, y sabía que debía mantenerse
alejada de él…

Trayecto hacia el deseo

Miranda Lee

Acepte 2 de nuestras mejores novelas de amor GRATIS

¡Y reciba un regalo sorpresa!

DIARIO ÍNTIMO

ANNE OLIVER

La costumbre de Sophie de poner por escrito sus sueños eróticos hizo que se los enviase accidentalmente a su jefe, Jared. Él no estaba buscando un compromiso y, afortunadamente, también era lo último que ella tenía en mente, de modo que acordaron vivir una aventura sin compromisos.

Pero el trabajo en equipo, las noches ardientes y los dolorosos secretos compartidos despertaron unos sentimientos inesperados. Y Sophie pronto descubrió que se había metido en un buen lío.

*La fantasía erótica de Sophie
debería haberse quedado en sueños*

¡YA EN TU PUNTO DE VENTA!

Bianca

Él buscaba venganza, ella… la libertad

Theo llegó a Brasil con un único deseo: aniquilar al hombre que le había destrozado la vida. Además, cuando el orgulloso griego vio a la impresionante hija de su enemigo, supo que la victoria sería mucho más dulce con ella en la cama. Inez anhelaba escapar de la sombra de su padre y cumplir sus sueños, no que la chantajearan para que fuese la amante de alguien. Sin embargo, la línea entre al amor y el odio era muy difusa y Theo despertó un deseo en ella que nunca habría podido prever.

El dulce sabor de la revancha

Maya Blake